루브르 박물관보다 재미있는 세계 100대 명화

글 박현철

차 례

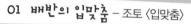

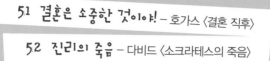

경고

책장 사이에서 일렁거리는 그림자가 나오더라도

놀라지 말 것.

그림 속에서 뭉게뭉게 피어올랐다 스르르 사라지는 연기에

당황하지 말 것.

이것은 '100대 명화'를 그린 위대한 화가의 유령임.

그들은 대개 우울한 눈빛으로 당신을 빤히 노려보다 모습을 감출 뿐이지만,

때로는 흐느적흐느적 주위를 떠다니면서

알쏭달쏭 수수께끼 같은 물음을 던지기도 함.

이런 때는 그가 원하는 답을 말해 주어야지, 안 그럼

물감 세례를 받을지도 모름.

여기 기출 대화 목록 몇 가지를 소개할게요. 행운이 있기를!

다빈치 유령:
아무 생각 없이
눈에 보이는 대로 그린다면?

정답: 거울과 다를 게 없다!

미켈란젤로 유령:
내가 위대한 화가가
된 것은 천재성 때문인가
노력 때문인가?

정답: 노력!

세잔 유령:
그리는 것은 세상 베끼기인가,
느낌 나타내기인가?

정답: 느낌 나타내기!

쿠르베 유령:
나는 천사를 본 적이 없다.
내게 천사를 그려 달라고 부탁하려면
어떻게 해야 할까?

정답: 천사를 보여 준다!

피카소 유령:
사람들이 내 작품을 보면서
느꼈으면 하고 내가 바라는
오직 한 가지는?

정답: 감정!

고흐 유령:
이 세상에서
가장 예술적인 것은?

정답: 사람들을 사랑하는 것!

눈치 빠른 친구라면 "그림은 화가의 영혼과 감상자의 영혼을 이어 주는 다리."라는
들라크루아의 말처럼 그림을 보면서 화가와 속 깊은 대화를 나누라는 메시지구나, 하고
짐작하시겠지요. 그것이 진정한 그림 감상이고요. 그럼 즐거운 독서 되세요.

〈입맞춤〉 ┊ 프레스코화 ┊ 200 x 185cm ┊ 1304~1306년 무렵 ┊ 파도바 스크로베니 예배당

배반의 입맞춤 01

서양의 명화를 감상하다 보면 그리스도교 이야기가 자주 등장해요.
그리스도교가 서양 사람들 생활의 중심을 이룬 탓이지요. 따라서
재미있게 감상하려면, 그리스도교 신자들이 무엇을 믿고
그 중심인물인 예수가 누구인지 미리 알아 두는 것이 좋아요.
그들은 세상을 창조한 하느님의 외아들 예수가 고통에 빠진 사람들을
구원할 구세주라고 믿어요. 예수는 지금부터 2000여 년 전에
십자가에 못 박힌 채 고통 속에 죽었어요. 사람들의 죄를 대신해서
말이에요. 그리고 사흘 만에 다시 살아나 하늘로 올라갔지요.
그림을 보아요. 예수를 믿고 따르는 제자가 열둘 있었는데, 그중 한
명이 유다였어요. 욕심쟁이 유다는 예수를 미워하는 무리에게 스승을
팔아넘기기로 마음먹었어요. 예수가 기도를 올리는 동안 병사들을
이끌고 들이닥쳤지요. 횃불과 창과 몽둥이가 숲을 이루며 피할 수
없는 위기를 알려요. 병사들은 예수의 얼굴을 몰랐어요. 유다가 입을
맞추어 신호를 보내기로 했지요. 사랑이 가득 담긴 입맞춤이
아니라 쓰디쓴 배반의 입맞춤이었어요. 유다의 노란 외투가
사냥감을 덮치는 억센 독수리 날개처럼 예수를 감쌌어요. 하지만
예수는 바위처럼 끄떡없답니다. 다만 조용하고 걱정스러운 눈으로
유다를 내려다보고 있지요.

〈수태 고지(아기를 낳을 것을 알림)〉 ∶ 템페라화 ∶ 265 x 305cm ∶ 1333년 ∶ 피렌체 우피치 미술관

02 천사의 방문

손으로 양 끝에 서 있는 두 사람을 가리고 가운데 두 인물에 집중해
보세요. 왼쪽 인물은 바닥에 무릎을 꿇고, 오른쪽 인물은 의자에
앉았어요. 잠깐, 왼쪽 인물 등 뒤에 날개가 돋았어요. 그렇다면 천사!
그래요, 하느님의 심부름꾼인 가브리엘 천사예요.

이 순간, 가브리엘이 하늘에서 땅으로 내려와 마리아에게 놀라운
소식을 전하고 있지요.

보세요. 황금빛이 출렁이는 신비롭고 아름다운 공간을 가로질러
가브리엘의 말이 글자로 새겨져 있어요. 만화책에서 대화를 써넣듯
말이에요. "하느님의 은총과 사랑을 받은 마리아여, 기뻐하십시오.
하느님께서 당신과 함께하시니까요."

천사의 등장에 가슴이 덜컥 내려 앉고 겁에 질린 마리아는 천사의
눈길을 피하며 몸을 잔뜩 움츠렸어요. 그러자 천사가 마리아를
달랩니다. "아기를 가질 것이고 아들을 낳을 테니, 이름을
예수라고 하세요."

이처럼 화가는 신의 세계와 인간의 세계가 한데 어울리는 신비로운
순간을 부드럽고 우아한 선과 밝고 화사한 공간으로 멋지게 표현해
냈답니다. 참, 손으로 가렸던 두 인물은 화가의 고향 마을을 지켜 주는
수호성인이에요.

〈극히 호화로운 베리 공작의 기도서〉 중 1월 : 유화 : 40 x 30cm : 1414~1416년 무렵 : 샹티이 콩데 미술관

가까이 오라! 03

예수가 탄생한 크리스마스는 12월 25일이에요. 사람들은 신앙과
관계없이 이날을 축제처럼 즐겨요. 그런데 그림이 그려진 시절에는
'공현절'이라는 1월 6일에도 잔치를 벌이며 선물을 주고받았답니다.
화려한 옷을 입은 사람들이 맛난 음식을 차려 놓은 식탁에 빙 둘러서서
흥겨운 잔치를 벌여요. 오른쪽에 파란색 옷을 입고 모피 모자를
쓰고서 의젓하게 앉은 이가 랭부르 형제에게 〈극히 호화로운 베리
공작의 기도서〉를 주문한 베리 공작이에요. 그는 프랑스 왕 장 2세의
셋째 아들로 막강한 권력자였어요. 권력자란 돈도 많고 땅도 넓고
따르는 병사도 많다는 뜻이지요. 공작 왼쪽에 서 있는 사람의 머리
위로 황금빛 글자가 보여요. "가까이 오라!" 여느 때 같으면
먼발치에서 그림자조차 구경하기도 힘들었을 높은 사람이지만,
이날만큼은 허물없이 찾아와 인사하고 선물을 나눌 수
있다는 뜻이지요.
배경을 보아요. 투구를 눌러쓴 병사들이 깃발을 휘날리며 격렬히
싸워요. 고소한 음식 냄새, 부드러운 음악 소리, 정겨운 대화와는
전혀 어울리지 않지요. 하지만 이상하게 여기지 마세요. 이것은
공작의 용감함을 자랑하기 위해 만든 벽걸이 그림이거든요.

〈산로마노 전투〉 ∶ 템페라화 ∶ 182 x 317cm ∶ 1438~1440년 무렵 ∶ 런던 국립 미술관

04 우첼로
원근법을 사랑한 화가

원근법이라고요? 에이, 어려운 말은 싫은데…….
하지만 명화 감상이 즐거우려면 이 정도는 알아
두어야지요. 놀이터를 생각해 보아요. 그네, 시소,
벤치, 나무, 구름, 하늘……. 어느 것은 가깝고, 어느
것은 멀어요. 입체적이지요. 놀이터를 도화지에 한번
그려 보아요.
"평평한 도화지에 어떻게 멀고 가까움을 표현하지?"
이 물음에 대한 답이 바로 원근법이에요.
우첼로는 원근법에 푹 빠졌어요. 원근법을 연구하느라
밤을 꼬박 새우기 일쑤였고요. 오죽했으면 부인이 눈
좀 붙이라며 바가지를 긁어도, 들은 체 만 체 기가 막힐
소리만 내뱉었지요. "아, 원근법 내 사랑아!" 원근법
아가씨에게 정신을 빼앗겨서 그럴까요? 그림은
전쟁터의 요란한 함성이나 치열한 전투의
기록이라기보다 마치 원근법 연습장 같아요.
땅바닥에 뒹구는 시체와 부러진 창과 갑옷과 투구가
이를 말해 주지요. 어찌나 원근법에 충실했는지, 다른
부분과 어울리지 않고 따로 노는 느낌이에요.

〈그리스도의 세례〉 ∶ 템페라화 ∶ 167 x 116cm ∶ 1450년 무렵 ∶ 런던 국립 미술관

하늘에서 내려온 비둘기

하늘과 나무와 사람들을 거울처럼 비추는 요르단 강에서 요한이
예수의 머리에 물을 부어 세례를 베풀어요. 몸이 더러워지면 어떻게
하지요? 물로 깨끗이 씻는다고요! 그것처럼 세례는 죄를 없애 주어요.
또 물이 없으면 어떻게 되지요? 며칠 견디지 못할 거라고요!
결국 세례는 생명을 주는 셈이네요.
이렇게 세례는 그리스도교 신자로서 새로운 삶을 살 수 있도록
도와주지요.
바로 이때 하늘이 갈라지고 "이는 내가 사랑하는 아들, 내 마음에 드는
아들이다."라는 소리가 울려 퍼지면서 비둘기가 내려왔어요.
예수 머리 위에 날개를 활짝 편 하얀 비둘기가 보이나요?
비둘기는 하느님의 힘을 뜻하는 성령을 나타내요. 성령은 하느님과
예수를 연결하는 고리이며, 사람들을 하느님에게 이끌어 주는
안내자이지요.
우아! 하늘과 땅이 하나 되는 신비롭고 거룩한, 그야말로 어마어마한
순간이에요. 우리가 이 순간을 그린다면 어떤 장면이 펼쳐질까요?
놀라움과 두려움, 떠들썩함과 부산스러움이 넘쳐 나겠지요. 하지만
그림은 잔잔하고 고요하기만 해요. 화가는 말없이 사람의
마음을 움직이는 '기적'을 이루어 냈어요!

〈동방 박사의 행렬〉 ː 프레스코화 ː 1459~1465년 무렵 ː 피렌체 메디치 리카르디 궁전 예배당

06 나도, 나도! 찰칵!

크리스마스가 가까우면 선물 받을 기대감에 가슴이 한껏 부풀어
오르지요? 그렇다면 꼭 고마움을 전해야 할 이들이 있답니다.
이스라엘 땅 베들레헴에서 예수가 태어났어요. 그러자 멀리 동쪽
나라에서 밝은 별빛을 따라 세 명의 손님이 찾아왔어요. 손님들은
예수에게 황금과 유향과 몰약을 선물했답니다. 유향과 몰약은 향기가
빼어난 데다 소화를 돕거나 상처 치료에 효과가 좋아 황금만큼 귀한
대접을 받았어요. 이 손님들을 동방 박사라고 부르는데, 그들이
예수에게 선물을 준 데에서 크리스마스에 선물 주는 풍습이
시작되었으니, 고마움을 전할 만하지요.
그림은 베들레헴으로 향하는 동방 박사의 행렬을 아름답고 화려하게
기록해 두었어요.
동화 속 한 장면 같은 배경에서는 사냥이 한창인데, 많은 이가 흰 말을
탄 동방 박사를 따르고 있지요.
왼쪽 아래 한 무리의 사람들을 보아요. 좀 어색하지요? 마치 얼굴만
찍은 사진을 오려서 피라미드처럼 쌓아 놓은 것 같아요. 하지만 그림
속에 등장하고 싶어 안달을 하는 이가 많으니 어쩔 수 없었을
거예요. 게다가 화가 자신도 등장했고요. 푸른 머릿수건을 두른
사람을 찾을 수 있지요? 그 아래 빨간 모자 쓴 이가 고촐리랍니다.

〈성 세바스티아누스〉 ┊ 유화 ┊ 255 x 140cm ┊ 1480년 무렵 ┊ 파리 루브르 박물관

두 번 죽은 사나이 07

세상에, 끔찍한 광경이 펼쳐졌어요. 기둥에 묶인 사내가 가슴이며 배, 팔다리에 화살이 꽂힌 채 간절한 눈빛으로 하늘을 올려다보아요. 상처에서 피가 흘러내리듯 생명의 기운이 빠져나가고 있어요. 웬일일까요?

사내는 로마 제국의 황제를 가장 가까이에서 지키는 친위대 대장 세바스티아누스랍니다. "그럼 잘 먹고 잘 살아야지, 왜 이 꼴이람?" 문제는 그가 그리스도교 신자라는 점이었어요. 로마 제국에서는 주피터, 주노, 비너스뿐만 아니라, 황제도 신으로 떠받들었어요. 반면에 그리스도교 신자들은 하느님만 믿었으니 황제가 좋아할 리 없었어요. 당연히 친위대 대장도 그리스도교 신자들을 못살게 구는 일에 앞장서야 하는데 배신을 했으니! 그냥 넘어갔다면 오히려 이상했을 거예요.

왼쪽 아래 발을 새긴 조각상을 보아요. 그리스도교의 승리를 나타낸 거예요. 이처럼 그는 죽음의 고통을 이겨 냈어요. 그러고는 다시 궁전에 나타나 황제를 크게 꾸짖었지요. 깜짝 놀란 황제는 몽둥이로 그를 때려죽이라고 명령했어요.

훗날 그는 성인으로 받들어졌어요. 성인은 그리스도교 믿음을 널리 전하기 위해 애쓴 사람에게 주어지는 칭호랍니다.

〈기쁨에 가득한 성 프란체스코〉 ⋮ 템페라화 ⋮ 124.5 x 139.7cm ⋮ 1475~1478년 무렵 ⋮ 뉴욕 프릭 컬렉션

08

벨리니

애고, 속았네!

눈부시도록 푸른 하늘 아래 온 세상이 맑고 영롱하게 빛나요.
따사로운 황금 햇살이 엄마 품속처럼 포근히 내려앉았지요.
바위 절벽 동굴 앞에 한 사내가 섰어요. 사내는 두 팔을 벌리고
하늘을 바라보아요. 가만있자, 입이 살짝 벌어졌군요.
사내는 프란체스코 성인. 하느님의 선물에 감사하며 노래를
부르고 있답니다. 어떤 선물일까요? 눈을 크게 뜨고 손바닥을
보아요. 상처가 있어요. 십자가에 못 박혀 죽은 예수처럼요. 상처를
통해 그가 믿고 따르는 예수의 아픔을 똑같이 느낄 수 있었으니,
분명 세상에서 가장 소중한 선물이었을 테지요.
선물을 받는 순간 신기한 일이 일어났어요. 동이 트기 전인데도
사방이 장밋빛 햇살로 붉게 타올랐지요. 왼쪽 강가에서 양 떼를
돌보는 목동을 좀 보아요. 얼굴과 윗몸이 아직 어둠에 잠긴 채
어리둥절히 동굴 쪽을 살펴요. 풀밭에 선 당나귀의 표정은 또
어떤가요? 당나귀는 여인숙에서 잠을 자다 깜빡 속은 상인의 사연을
들려주어요. 상인은 아침이 훤히 밝은 줄 알고 당나귀에 짐을 싣고
허둥지둥 길을 재촉했어요. 얼마 후, 다시 세상이 어둠에 잠겼는데,
한 시간이 지나서야 아침 해가 떠올랐지요. 얼마나 약이 올랐을까요?
"어휴, 졸려라!"

〈비너스의 탄생〉 ∶ 템페라화 ∶ 172.5 x 278.5cm ∶ 1485년 ∶ 피렌체 우피치 미술관

앞서 감상한 〈성 세바스티아누스〉를 보아요.
진짜 사람, 진짜 돌기둥, 진짜 식물처럼 사실적으로
표현했어요. 그런데 웬일인지 딱딱하고 차가운 것이
대리석 조각 같은 느낌이에요. 〈비너스의 탄생〉을
보아요. 인물의 동작과 자세, 나무, 파도, 해안선 모두
진짜 세계와 닮아 있지 않아요? 하지만 그림은
아름답고, 부드럽고, 따뜻한 느낌이에요. 폭신한
침대에서 달콤한 꿈을 꾸는 것만 같아요. 이것은
나비의 날갯짓만큼 가볍고 달빛의 투명함만큼
우아한 곡선 때문이랍니다.

그림은 어른의 몸으로 태어난 비너스 여신이 파도에
실려 해변에 도착하는 순간을 잡아냈어요. (그림에
그리스도교 이야기만큼 자주 등장하는 것이 그리스
로마 신화예요.) 바람의 신은 입김을 불어
조개껍데기를 밀어 주고, 시간의 요정은 꽃무늬
외투로 여신을 감싸 줄 채비를 마쳤어요. 바람의 신을
따라 날아온 장미꽃은 비너스의 꽃이랍니다.

〈프리마베라〉 ：템페라화 ：203 x 314cm ：1476~1482년 ：피렌체 우피치 미술관

10 봄이 오면 산에 들에!

봄의 시작을 알리는 3월이라고 마음 놓을 수는 없는 법! 꽃샘추위가 유난을 떨기 때문이지요. 이윽고 화사한 봄볕을 받으며 푸른 새싹이 쑥쑥 돋아나고, 꽃이 곱게 피어나요. 봄이에요! 그림은 이 과정을 묘사하고 있어요. 제목 〈프리마베라〉도 봄을 뜻하고요.

오른쪽에서 바람의 신 제피로스가 요정 클로리스를 잡아채듯 끌어 올려요. 둘은 결혼식을 올리고, 클로리스는 봄의 여신이 되지요. 화들짝 놀라 뒤돌아보는 클로리스 옆에 봄의 여신이 된 클로리스가 치마폭에 감싸 안고 있던 장미 송이를 흩뿌리네요. 공중에서 큐피드가 원을 그리며 춤을 추는 세 여신을 향해 사랑의 화살을 쏘아요. 화살에 맞은 여신 하나가 애틋한 눈으로 머큐리를 바라보네요. 하지만 머큐리는 지팡이를 휘저으며 봄을 시샘하는 훼방꾼을 내쫓느라 한눈팔 겨를이 없어요. 이제 봄맞이 준비가 다 되었나요? 그림 중앙에서 봄 동산의 여주인 비너스가 봄의 시작을 엄숙히 선포합니다.

〈**최후의 만찬**〉 ⋮ 템페라화 ⋮ 460 x 880cm ⋮ 1495~1498년 ⋮ 밀라노 산타 마리아 델레 그라치에 성당

다 함께 포즈를! 11

생일 파티에 친구들을 초대했어요. 내가 촛불을 끄려다 말고 말했어요. "얘들아, 생일 파티는 취소되었어." 여기저기서 투덜거리는 소리가 들렸어요. 토끼 눈이 되어 두리번거리는 친구, 용수철처럼 벌떡 일어난 친구, 어이없는 웃음을 터뜨리며 둘이 마주 보는 친구……. 이 어수선한 광경을 그림으로 그려 볼까요? 끙끙! 아이디어가 쉽게 떠오르지 않아요.

레오나르도 다빈치라면 어떻게 표현했을까요? 예수가 죽음을 맞기 전, 열두 제자들과 마지막 저녁 식사를 했어요. 그가 말했어요. "너희들 가운데 한 사람이 나를 팔아넘길 것이다." 저녁 식탁이 발칵 뒤집어졌어요. "그게 누구예요?" 다그쳐 묻는 사람, "저는 아니겠지요?" 은근히 걱정하는 사람, "어떤 놈이야?" 버럭 성을 내는 사람, 어리둥절하여 서로 바라보기만 하는 사람……. 제자들의 두려움과 혼란스러움이 바위처럼 태연한 예수와 완벽한 조화를 이루었어요. 정말 대단하지 않나요?

〈모나리자〉 ⋮ 유화 ⋮ 77 x 53cm ⋮ 1503~1506년 ⋮ 파리 루브르 박물관

12 세상에서 가장 유명한 그림

'왜? 화려한 색도, 멋들어진 장면도, 재미있는 이야기도 없잖아!'
의문이 뭉게뭉게 피어올라요. 언젠가 한 번쯤 보았으니 맞는 말
같기는 하지만, 이것은 너무 싱거운 답이에요. 그렇다면 직접 그림
속에서 의문의 답을 찾아보자고요.

여인이 웃어요! 인사를 건네려나 봐요. 어, 웃음을 거두었어요.
쌀쌀맞은 표정이에요. 빤히 쳐다보니까 화가 났나? 다시 웃어요.
이번에는 느낌이 달라요. 조롱 섞인 눈웃음이 온몸을 오싹 움츠러들게
만들어요. "그림이 살아 있어요!" 그래요, 이것이 〈모나리자〉를
세상에서 가장 유명한 그림으로 만든 진짜 이유랍니다.

레오나르도 다빈치가 여인에게 생명을 불어넣은 비법은 무엇일까요?
자, 〈비너스의 탄생〉에 등장하는 '세상에서 두 번째로 유명한 얼굴'의
눈과 입을 자세히 보아요. 눈과 입의 윤곽선이 또렷해요. 반면에
'세상에서 첫 번째로 유명한 얼굴'인 〈모나리자〉의 눈과 입은
어떤가요? 색깔이 은은하게 변화하면서 윤곽선이 안개에 싸인 것같이
사라져 버렸어요. 그래요, 바로 이 점이 〈모나리자〉에게 생명과
신비로움을 주는 열쇠랍니다. 딱딱한 윤곽선에 갇히지 않은 눈과 입이
아지랑이가 가물거리듯 미묘한 변화를 일으키면서, 상상력에 날개를
달아 주지요.

〈아담의 창조〉 ┇ 프레스코화 ┇ 280 x 570cm ┇ 1508~1512년 ┇ 바티칸 시스티나 성당

희망과 약속 13

엄마, 아빠 손을 잡아 보아요. 꼭 껴안아요. 무슨 느낌이에요? 포근한 느낌이 들면서 희망을 안겨 주어요. 그것은 우리의 행복을 위해 모든 것을 바치겠다는 약속처럼 느껴져요.

여기 희망과 약속을 그린 위대한 그림을 보아요. 세상을 창조한 하느님이 최초의 인간 아담에게 생명을 주는 가슴 뭉클한 사건이에요. 천사에게 둘러싸인 하느님이 하늘을 가로질러 아담에게 날아왔어요. 어린아이처럼 순수하고 나약한 아담이 한 팔로 몸을 괴고 간신히 윗몸을 일으킨 채 왼손을 뻗어요. 이에 응답하듯 하느님이 오른손을 내밀어요. 이제 손가락과 손가락이 맞닿고 아담은 생명을 얻겠지요. 이 순간은 하느님이 아담을 끝까지 사랑하고 돌볼 것이라는 희망과 약속의 새끼손가락 걸기이기도 해요.

사실 그리스도교 성경에서는 아담의 창조를 달리 묘사한답니다. 하느님은 진흙을 잘박잘박 주물러 자신과 똑같이 생긴 인형을 빚어냈어요. 그런 다음 인형에 숨을 불어넣어 생명을 주었고요.

〈최후의 심판〉 ⋮ 프레스코화 ⋮ 13.7 x 12.2m ⋮ 1534~1541년 ⋮ 바티칸 시스티나 성당

14 착하게 살아야 하는 이유

그리스도교 신자들은 하늘로 올라간 예수가 세상이 끝나는 날에 다시 세상에 내려와 선한 사람과 악한 사람을 심판한다고 믿어요. 심판에 따라 선한 사람은 천국에 들어가고, 악한 사람은 지옥에 떨어지고요. 따라서 그들에게 최후의 심판은 정신을 차리고 올바르게 살아야 할 이유이며 희망이지요.

그리스도교를 믿지 않는 사람이라도 이런 의문을 가지게 마련이에요. "선한 사람과 악한 사람 모두 죽으면 그만이라면, 뭐하러 올바른 길만 택하면서 살 필요가 있을까?" 왜냐하면 대개 올바른 길에는 잘못된 길보다 울퉁불퉁, 구불구불 많은 고생이 따르거든요. 그러다 보니 선한 삶에 대한 상과 악한 삶에 대한 벌이 죽음 너머에서 기다리고 있으면 좋겠다는 생각이 널리 퍼지게 되었지요.

위 중앙에서 예수가 옥좌에 앉아 천국에 갈 사람과 지옥에 갈 사람을 가르고 있어요. 아래 중앙에는 한 무리의 천사들이 트럼펫을 불며, 천국 갈 사람과 지옥 갈 사람의 이름을 불러요. 그 아래쪽에 죄인을 실어 나르는 배가 보여요. 뱃사공이 노를 휘두르며 죄인들을 위협하는데, 반대편에서는 죽었던 자들이 되살아나요. 그들도 빠짐없이 심판을 받아야 하니까요. 애고, 착하게 살아야겠어요.

〈아테네 학당〉 ⋮ 프레스코화 ⋮ 579.5 x 823.5cm ⋮ 1509~1510년 ⋮ 바티칸 바티칸 궁전 서명의 방

대단해요, 선배님! 15

그림에 등장하는 인물 대부분은 먼 옛날 그리스 시대를
살았던 철학자들이랍니다. 그들은 진리를 발견하려는
열정에 불타올랐지요. 라파엘로는 같은 시대의
정치가, 화가, 조각가를 모델로 삼아 철학자들을
그렸어요. 자기 시대 사람들도 진리를 발견하려는
노력을 게을리하지 않았으면 좋겠다는 바람이었지요.
앞줄 가운데 대리석에 기대어 앉아 깊은 생각에 잠긴
채 무언가를 적어 내려가는 인물이 흥미를 끌어요.
라파엘로가 이 그림을 그리기 시작했을 때, 바로 옆
시스티나 성당에서는 미켈란젤로가 천장화 제작에
한창이었어요. (〈아담의 창조〉가 포함된
천장화랍니다.) 미켈란젤로가 구경꾼은 발을 들이지
못하게 막았지만, 라파엘로는 몰래 성당 안으로
숨어들었어요. 존경하는 마음을 영원히
남겨야겠다고 결심할 만큼 위대한
그림이었어요. 결국 자신의 밑그림에 없던
헤라클레이토스를 덧붙이기로 하고, 미켈란젤로를
닮게 그려 넣었지요.

〈갈라테아〉 : 프레스코화 : 295 x 225cm : 1511년 : 로마 빌라 파르네시나

16 슬픈 사랑 이야기

돌고래가 끄는 조개껍데기 수레가 바다를 헤치고 나가요. 반은 사람, 반은 물고기인 바다의 신들이 신이 나서 수레 주위를 빙빙 돌고, 하늘에서는 큐피드들이 사랑의 화살을 날리려 해요. 흥겹고 유쾌한 일이 벌어질 것만 같아요. 붉은 옷자락도 바람에 펄럭이며 분위기를 한층 돋우어 주어요. 하지만 가만히 고개를 돌려 물끄러미 하늘을 올려다보는 바다의 요정 갈라테아를 보아요. 아름다운 얼굴에 짙은 슬픔이 배어 나와요. 무슨 일일까요?

갈라테아는 잘생긴 청년 아키스를 사랑했어요. 여기까지는 행복한 이야기지요. 그런데 무시무시한 외눈박이 거인 폴리페모스가 갈라테아를 못살게 굴었어요. 거칠고 상스럽고 못생긴 천하의 악당이 자기 색시가 되어 달라고 억지를 부렸어요. 달콤한 노래와 값진 선물로 유혹하기도 하고, 무서운 협박도 서슴지 않았지요. 하지만 갈라테아는 끄떡하지 않았어요. 오직 아키스뿐이었으니까요. 그러자 악당은 질투심이 불길같이 타올라 도저히 참을 수가 없었어요. 바위를 던져 아키스를 죽여 버린 거예요. 이제 갈라테아의 슬픔을 이해할 수 있겠지요?

참, 아키스는 강이 되었어요. 아키스를 맞힌 바위가 쩍 갈라지고, 그 틈에서 푸른 갈대가 돋아나더니 강물이 흘러나오기 시작했어요.

〈템페스트(폭풍우)〉 ┊ 유화 ┊ 82 x 73cm ┊ 1505년 무렵 ┊ 베네치아 아카데미아 미술관

이야기 없는 그림 조르조네 **17**

앞서 감상한 명화를 하나하나 떠올려 보아요. 조토, 마르티니, 우첼로, 미켈란젤로, 라파엘로……. 저마다 다른 개성과 표현 방식으로 그리스도교와 그리스 로마 신화, 역사적 사건과 등장인물의 생각과 사는 모습을 들려주었어요. 다시 말해 사람과 사람이 만들어 내는 이야기가 담겨 있었다고 할 수 있지요.

이번에 만나는 조르조네의 그림은 어떤 이야기를 전해 줄까요?

잔잔히 흐르는 시냇물을 사이에 두고 여인과 사내가 등장하는군요. 여인은 아기에게 젖을 물린 채 화면 밖을 물끄러미 바라보아요. 긴 막대기를 어깨에 걸머멘 사내는 엷은 미소를 머금고서 건너편을 쳐다보는데, 여인과 아기가 그 대상은 아닌 것 같아요. 그리고 시냇물을 가로지르는 다리와 건물들, 구름을 가르는 번개가 있어요. 번개는 폭풍우가 다가오고 있음을 알려 주고요.

어라, 화가가 들려줄 이야기가 없다고 고개를 젓네요. 그래요! 화가는 이야기를 그리지 않았어요. 보세요! 초록과 파랑이 만들어 내는 풀과 나무와 시냇물과 하늘, 그 속에 안긴 도시와 사람. 이것은 그냥 풍경이에요. 이렇게 사람이 중심이 아니라, 풍경이 중심을 이루는 그림, 풍경화가 시작되었답니다.

〈신성한 사랑과 세속적인 사랑〉 ： 유화 ： 118 x 279cm ： 1514년 ： 로마 보르게세 미술관

18 진정한 사랑이란?

왼쪽에 점잖게 차려입은 여인은 '신성한 사랑'을,
오른쪽에 벌거벗은 여인은 '세속적인 사랑'을
나타내지요. 잠깐! 왼쪽 여인이 무릎에 얹은 손에
까맣게 시든 장미꽃을 쥐었어요. 다른 손은 텅 빈
꽃병을 만지작거리고요. 오른쪽 여인은 제사나 차례
지낼 때 쓰는 향로를 들었어요. 가만있자, 시든
장미꽃이나 텅 빈 꽃병은 영원하거나 신성한 것과
어울리지 않아요. 반면에 향로는 그 향과 연기가 하늘
높이 올라가듯 영원하고 신성한 것을 뜻하고요.
그렇다면 거꾸로 왼쪽 여인은 '세속적인 사랑',
오른쪽 여인은 '신성한 사랑'을 나타내지요.
"어쨌든 두 여인은 뚝 떨어져 있군. 어쩌라고?"
이렇게 되묻는 친구라면 두 여인 사이를 보세요.
사랑의 신 큐피드가 물을 휘휘 젓고 있어요. 물이 고루
섞이듯이 '신성한 사랑'과 '세속적인 사랑' 둘이
하나로 결합되어야 진정한 사랑에 이를 수
있겠지요. 이것이 화가가 진심으로 들려주고픈
교훈이랍니다.

〈디오니소스와 아리아드네〉 ⋮ 유화 ⋮ 176.5 x 191cm ⋮ 1520~1523년 ⋮ 런던 국립 미술관

신과 인간의 사랑 19

왼쪽 아래에서 오른쪽 위로 뻗어 나가는 대각선이 화면을 큰 삼각형
두 개로 나누어요. 삼각형 하나에는 찬란한 파란색 하늘과 바다가
시원스레 펼쳐지고, 다른 하나에는 초록과 갈색 식물과 사람들이
등장해요. 그리고 화면 중앙과 왼쪽 두 중심인물의 시선이 또 하나의
대각선을 이루며 강렬하게 마주치고 있어요. 무슨 사연일까요?
붉은 외투를 펄럭이며 놀란 눈을 동그랗게 뜨고서 치타가 끄는
수레에서 풀쩍 뛰어내리는 사내는 디오니소스예요. 바쿠스라는
이름으로도 알려진 디오니소스는 술의 신이지요. 그를 따르는 무리는
그림에서처럼 항상 술에 취해 노래하고 춤추는 일로 바쁘답니다.
신도 사랑 앞에서는 맥을 못 추는 법! 디오니소스가 낙소스 섬
해변에서 만난 아리아드네에게 첫눈에 폭 빠져 버렸지요.
한편 아리아드네는 두렵기만 합니다. 조심스러운 눈빛으로
디오니소스를 살피며 한 손을 들어 방어하는 자세를 취했어요.
하지만 그녀는 이내 마음을 열고 디오니소스의 색시가 되었답니다.
왼쪽 맨 위에 타원형을 이루며 빛나는 별들 보이나요? 나중에
아리아드네가 죽은 뒤, 디오니소스가 그녀에게 결혼 선물로 주었던
왕관을 하늘에 던져 올려 만들어 놓은 별자리랍니다.

〈비너스, 큐피드, 어리석음과 세월〉 ⋮ 유화 ⋮ 146.1 x 116.2cm ⋮ 1545년 무렵 ⋮ 런던 국립 미술관

20 사랑은 아픔이야!

하얀 도자기만큼 피부가 뽀얀 비너스와 큐피드예요. 비너스와
그 아들 큐피드 모두 사랑의 신. 그렇다면 그림은 사랑의 찬가!
정말 그럴까요?
눈을 부릅뜨고 억센 팔로 푸른 장막을 걷어 내려는 할아버지를
보아요(오른쪽 위). 등 위에 놓인 모래시계를 보면 시간을 뜻하는 게
틀림없어요. 가면을 닮은 눈동자 없는 얼굴을 보아요(왼쪽 위).
무관심과 망각이에요. 험악한 표정을 지은 채 머리카락을 쥐어뜯는
노파가 있어요(큐피드 뒤). 질투지요. 비너스와 큐피드에게 장미
송이를 뿌리려는 꼬마가 활짝 웃네요. 오른쪽 발을 보아요. 가시를
밟았어요. 저 아픈 줄도 모르고 남의 일에 참견이라니, 어리석기 짝이
없어요. 꼬마 뒤에는 뱀의 몸통과 사자의 다리를 가진 소녀가
등장해요. 오른팔에는 왼손이 달렸는데, 그 손으로 벌집을 들었어요.
벌집에 담긴 꿀은 달콤하지요. 하지만 소녀는 뱀처럼 교활하고
사자처럼 난폭해요. 바로 속임수예요.
아이코, 그림은 '사랑의 찬가'가 아니에요. "사랑이란 당장은
아름답지만, 시간이 지나면 까마득히 잊혀서 괴롭고, 질투가 따라서
고통스러우며, 사람을 어리석게 만드는 데다 겉으로는 다정한
척하지만 속으로는 자꾸만 속이려고 한다." 이것이 속뜻이랍니다.

〈은하수의 기원〉 : 유화 : 149.4 x 168cm : 1575년 무렵 : 런던 국립 미술관

젖이 흐르는 강물 21

눈이 부실 만큼 찬란한 별빛이 쏟아지는 밤하늘을 마주한 적이
있나요? 초롱초롱 빛나는 별 밭에서 별을 세며 별자리를 찾다가,
은빛으로 강물이 되어 흐르는 은하수도 만났을 테지요. 그림은
은하수의 탄생에 얽힌 신화를 전해 준답니다. 여신 헤라의 가슴에서
팝콘처럼 솟구치는 별을 눈여겨보세요.

그리스 로마 신화의 최고신 제우스는 바람둥이였어요. 아내 헤라의
속은 시커먼 숯덩이가 되었지요. 이를 아는지 모르는지 제우스가
또 바람을 피웠어요. 알크메네라는 여인을 유혹해 헤라클레스를
낳았지요. 알크메네는 헤라의 복수가 두려워 아기를 숲에 내다
버렸답니다. 지혜의 여신 아테나가 이 아기를 신들의 왕궁으로
데려왔어요. 아기는 배가 고파 앙앙 울었어요. 이때 아테나에게
기발한 생각이 떠올랐어요. 헤라를 속여 젖을 물린다는 계획이었지요.
성공이었어요. 아기가 맛있게 젖을 빨았어요. 그러나 헤라클레스는
세상이 다 아는 천하장사! 헤라는 젖이 아파 견딜 수가 없었어요.
허겁지겁 아기를 떼어 냈지요. 그때 가슴에서 젖이 뿜어져 나와
은하수가 되었답니다. 원수에게 젖을 물려 생명을 주고, 그
젖은 다시 인류를 영원히 꿈꾸게 해 주는 은하수가 되었다니
정말 흥미로운 이야기네요.

〈가나의 혼인 잔치〉 ⋮ 유화 ⋮ 677 x 994cm ⋮ 1562~1563년 ⋮ 파리 루브르 박물관

22 포도주 나와라, 뚝딱!

상식으로 설명할 수 없는 이상한 일을 '기적'이라고 해요.
베로네세는 이 그림을 통해 예수가 베푼 첫 번째 기적을 전해
준답니다. 오색찬란한 불꽃놀이만큼 선명하고 화려한 색깔을
자랑하는 그림 속으로 떠나 봅니다.

예수와 그 어머니 마리아와 제자들이 가나 마을 혼인 잔치에 초대
받았어요. 손님들은 맛난 음식을 나누고, 음악에 취하고, 웃고 떠들며
한껏 즐겼어요. 흥을 돋우는 데 포도주를 빼놓을 수 없었어요. 축하
인사를 건네면서 연거푸 잔을 부딪쳤지요. 그러다 어느 틈에 포도주가
떨어졌어요. 마리아가 부탁하자, 예수는 일꾼에게 항아리에 물을 가득
채우라고 일렀어요. 우아, 물이 포도주로 변했답니다.
기적이 일어난 거지요.

앞에서 연주자들이 흥겨운 음악을 연주해요. 그 뒤에 예수와 마리아가
앉았어요. 그 너머 난간 곁에서는 잔칫상에 올릴 고기를 마련하기
위해 양을 잡고 있어요. 여기서 잠깐! 사람들의 배를 불리기 위해
희생되는 양처럼, 예수도 훗날 사람들의 죄를 대신해 십자가에 못
박혀 죽어요. 그래서일까요. 예수는 '하느님의 어린양'이라고도
불린답니다. 또 한 가지! 포도주 빛깔은 핏빛이에요. 그렇다면
이 기적은 어쩌면 예수 자신의 죽음을 예고한 것이 아니었을까요?

〈성전에서 장사꾼을 쫓아내는 그리스도〉 ∶ 유화 ∶ 116.84 x 149.86cm ∶ 1570년 무렵 ∶ 미네아 폴리스 미술 연구소

화가 난 예수 23

예수가 살았던 시절, 이스라엘 사람들은 예루살렘 성전을 방문해
하느님에게 선물 바치는 일을 아주 중요하게 여겼어요. 선물은 주로
양, 소, 비둘기였는데, 집이 먼 사람들은 동물을 끌고 오기가 쉽지
않았어요. 그래서 장사꾼들이 꾀를 내어 성전에서 동물을 팔았지요.
또 이스라엘 사람들은 해마다 성전에 세금을 내야 했어요.
당시 이스라엘은 로마 제국의 지배를 받았기 때문에 많은 사람이
로마 돈을 사용했어요. 그러나 성전의 사제들은 이스라엘 돈만
받았어요. 곤란한 일이었지요. 그래서 이번에도 장사꾼들이 꾀를
냈어요. 성전에서 로마 돈을 이스라엘 돈으로 바꾸어 주었어요.
어때요? 이스라엘 사람들이 장사꾼들을 환영했겠지요? 천만의 말씀!
장사꾼들은 지나치게 많은 이윤을 남겼어요. 도둑놈 심보였지요.
그러다 보니 선물 마련하고 세금 내는 일이 더욱 어려워졌어요.
특히 가난한 사람들의 부담은 더욱더 커졌지요.
세상에, 하느님을 만나는 신성한 성전을 도떼기시장, 도둑의
소굴로 만들다니!
그림 가운데를 보아요. 예수가 채찍을 들었어요. 장사꾼과 돈 바꾸어
주는 사람들이 겁에 질려 팔을 추켜올린 채 우르르 도망치고 있어요.
예수, 파이팅!

〈라오콘〉 ː 유화 ː 137.5 x 172.5cm ː 1610~1614년 무렵 ː 워싱턴 국립 미술관

엘 그레코

감정을 간직한 그림

이 그림을 〈성전에서 장사꾼을 쫓아내는 그리스도〉와 비교해 보아요.
덜 사실적이에요. 사람들 좀 보아요. 가늘고 길쭉한 형태, 이상야릇한
자세, 맨 오른쪽 인물은 아예 그리다 말았어요. 진짜 세계와 똑같이
그리는 것이 목표가 아니었다면, 화가는 이처럼 거칠고 엉성하며
볼품없어 보이는 인물들을 통해 무엇을 표현하고 싶어 했을까요?
멀고 먼 옛날, 그리스와 트로이가 전쟁을 벌였어요. 10년이 지나도록
승부가 나지 않았어요. 그리스 사람들은 커다란 목마를 만들어
그 속에 병사를 숨겨 두었어요. 트로이 사람들은 적이 도망치면서
선물을 남겼다고 착각해서 목마를 성안으로 끌고 가려 했어요.
그러자 라오콘이 앞을 가로막았어요. 적의 속임수라고 부르짖었지요.
그때 무시무시한 뱀들이 달려들어 라오콘과 두 아들을 죽여 버렸어요.
기어코 트로이 사람들은 목마를 성안에 끌어들였고, 그날 밤 목마의
배 속에서 빠져나온 그리스 병사들 손에 멸망하고 말았답니다.
아, 라오콘은 죽어서도 얼마나 원통했을까요?
그래요, 화가가 표현하고 싶었던 것은 바로 이 억울하고
슬픈 운명이었답니다.
그 감정을 강조하기 위해 인물들의 형태와 자세를 변형시켰고요.

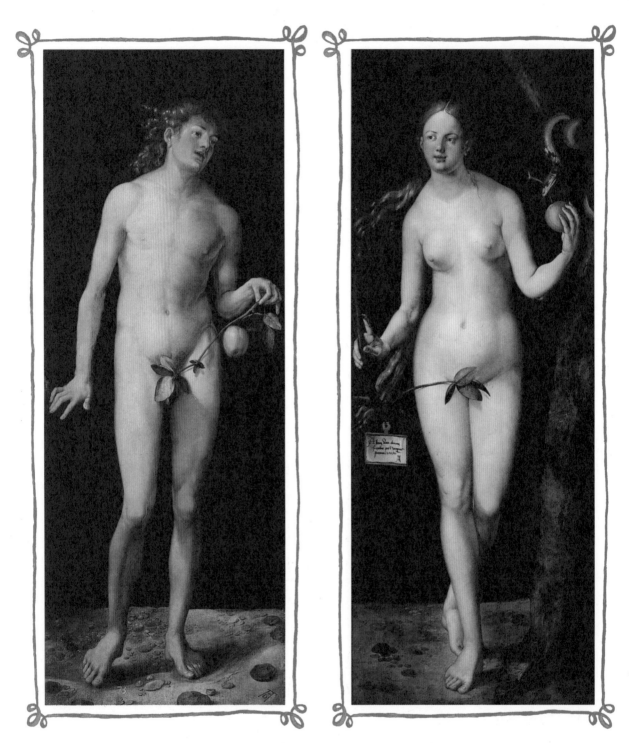

〈아담과 이브〉 ∶ 유화 ∶ 각각 209 x 81cm ∶ 1507년 ∶ 마드리드 프라도 미술관

뒤러 못난 조상? 25

아담이 또 등장하는군요. 성경에 따르면 아담은 최초의 인간,
전 인류의 조상이니까 서양의 명화에 자주 등장할 만하지요.
아담은 몹시 외로웠어요. 하느님은 아담이 잠든 사이에 갈비뼈 하나를
꺼내서 짝을 만들어 주었어요. (가슴뼈를 세어 보겠다고요?) 첫 번째
여자 이브였어요. 둘은 에덴동산에서 아무 근심 걱정 없이 행복하게
살았어요. 그러던 어느 날, 뱀이 이브에게 말을 걸었어요.
"너도 하느님처럼 지혜롭고 싶지? 이 열매를 먹어 봐."
하느님이 만지지도 말라던 나무의 열매였어요. 이브가 뒷걸음질
쳤지만, 열매는 너무나도 탐스러웠어요. 냉큼 한 입 베어 물었지요.
그러고는 아담에게 열매를 건넸어요. 아담을 곁눈질하며 희미한
웃음을 짓는 이브를 보아요. 아담이 마지못해 열매를 받아 들었어요.
살짝 벌린 입술, 초점 잃은 눈, 손가락 끝에 들린 가지가 망설임에
머뭇거리는 마음을 잘 보여 주지요. 그렇지만 유혹을 이겨 내지는
못했어요.
하느님은 약속을 어긴 아담과 이브를 에덴동산에서
쫓아냈어요. 그 후 둘은 땀 흘려 일해 간신히 먹고사는 처량한
신세가 되었지요. 이 조상님들이 현명하게 행동했다면, 우리는 지금
낙원에서 노닐 텐데…….

〈십자가에서 내려지는 그리스도〉 ⦙ 템페라화 ⦙ 220 x 262cm ⦙ 1435년 ⦙ 마드리드 프라도 미술관

26 기절절?

크리스마스(Christmas, 성탄절)의 Christ(그리스도, 구세주)는
예수를 부르는 다른 이름이고, mas는 '절(축일)'이라는 뜻입니다.
"운이 좋았다면 '기절절'이 생겨 노는 날이 하루 더 늘어났을 텐데!"
엉, '기절절'이라니요?
예수를 미워하는 사람이 많았어요. 이스라엘 사제들은 그들과 생각이
다른 예수가 눈엣가시였어요. 당시 이스라엘을 지배하던 로마의
총독도 예수를 믿고 따르는 사람들이 늘어나는 것이 못내 찜찜했어요.
마침내 그들은 엉뚱한 죄를 뒤집어씌워 예수를 십자가형에
처했답니다.
어머니 마리아는 십자가에서 피 흘리며 죽어 가는 아들을 지켜봅니다.
창자가 끊어지는 슬픔을 느낄 수 있나요? 드디어 예수가 숨을
거두었어요. 마리아는 제자들의 도움을 받아 시체를 끌어내렸어요.
축 처진 아들의 손을 잡아 볼에 문지르며 입을 맞추었어요.
아, 그녀가 슬픔에 무너져 내렸어요. 정신을 잃고 쓰러진
어머니를 보아요. 창백한 얼굴 때문에 아들보다 한결 더 시체
같아요. 이 광경에 깊은 감동을 받은 사람들이 교황 율리우스 2세에게
'기절절'을 만들어 달라고 요청했어요. 하지만 아쉽게도
거절되었지요.

〈아르놀피니 부부의 초상〉 ː 유화 ː 82.2 x 60cm ː 1434년 ː 런던 국립 미술관

꼭꼭 숨어라, 머리카락 보일라!

화가들은 그림 속에 등장하기를 좋아했어요. 고촐리가 〈동방 박사의 행렬〉에 깜짝 출연한 것은 이미 말했지만, 다른 그림에서도 화가의 얼굴을 찾는 건 그다지 어렵지 않아요. 예를 들어 〈가나의 혼인 잔치〉의 연주자들 가운데 흰옷을 입은 이는 베로네세예요. 반에이크도 그림에 자신을 출연시켰어요. 어디에 있을까요?

숨바꼭질을 즐기는 동안 그림을 구경해요. 검정 모자에 자주색 옷을 입은 신사와 흰 머릿수건에 초록색 드레스를 입은 부인이 포즈를 취했어요. 이들은 상인 아르놀피니와 그 부인이랍니다. 창 사이로 살짝 보이는 체리나무와 열매는 부부의 방이 이 층에 있으며, 계절은 여름임을 알려 주어요. 아르놀피니는 부자였나 봐요. 검은담비와 족제비 털로 안감을 덧대고 가장자리를 장식한 옷, 커다란 황동 샹들리에, 테두리에 예수의 고난과 죽음을 장식해 넣은 볼록 거울, 그 시절에는 아주 귀하던 오렌지와 양탄자까지……. 모두 호화롭고 사치스러운 생활을 엿볼 수 있는 것들이에요.

화가를 찾았나요? 못 찾았다고요? 거울을 보아요. 돋보기가 있으면 좋을 텐데. 그 안에 손을 들어 부부에게 인사를 건네는 화가가 있네요. 거울 위에 "얀 반에이크 여기 왔었노라, 1434."라는 서명도 보이고요.

〈쾌락의 동산〉 ⋮ 유화 ⋮ 220 x 389cm ⋮ 1500~1505년 ⋮ 마드리드 프라도 미술관

28  보는 그림 경고장

가운데 그림에서 형태가 단순한 사람들이 오글오글
붐비는 것 좀 보아요. 발가숭이 개구쟁이 아이들처럼
우르르 몰려다니면서 까불고 먹고 장난을 쳐요.
하지만 이게 전부는 아니지요. 오른쪽 그림을 보아요.
종잡을 수 없는 불안과 공포가 느껴지는군요.
"대체 뭘 그린 거람!"
〈아담의 창조〉를 기억하지요? 하느님은 여자도 창조해
둘을 짝지어 주었어요. 왼쪽 그림에서 이 장면을 볼 수
있어요. 어른 말을 들으면 자다가도 떡이 생긴다는데,
아담과 이브는 그러지 않았어요. (뒤러의 〈아담과
이브〉 기억하지요?) 하느님 말을 따르지 않은 벌로
에덴동산(왼쪽 그림)에서 내쫓겼지요. 두 사람의
후손들은 정신을 차리지 못하고 만날 달콤한 즐거움만
좇아요(가운데 그림). 그러다 보면 지옥에 끌려가
끔찍한 고통을 당하고요(오른쪽 그림). 그림은
즐거움만 좇는 어리석은 삶에서 벗어나지
않으면 큰일 난다는 경고장인 셈이지요.

〈이카로스의 추락〉 ∶ 유화 ∶ 73.5 x 112cm ∶ 1555년 ∶ 브뤼셀 벨기에 왕립 미술관

주인공 없는 그림?

29

브뤼헐

브뤼헐은 생동감 넘치는 풍경 위에 소박하고 순수하며, 때로는
우스꽝스럽기까지 한 인물들이 등장하는 작품을 즐겨 그렸어요.
이 작품도 마찬가지예요. 푸른 하늘과 초록 바다가 황금빛 노을에
물들었어요. 아스라한 항구 도시는 푸근한 저녁 햇살에 꾸벅꾸벅
졸고, 잔잔한 바다에는 배들이 점점이 떴어요. 바닷가 좁은 밭에
"이러, 이러!" 쟁기질하기 바쁜 농사꾼이 있네요. 그 아래 풀밭에는
양들이 평화롭게 풀을 뜯어요. 목동은 긴 지팡이를 팔에 감고서
하늘만 올려다보고요. 오른쪽 아래에는 세상 돌아가는 일을 다 잊은
듯한 낚시꾼이 앉아 있어요.

어라! 제목이 〈이카로스의 추락〉인데, 정작 있어야 할 주인공은
어디 있지요? 찾아보세요. 아버지 다이달로스와 함께 밀랍으로
이어 붙인 깃털 날개를 달고 하늘을 날았다는 이카로스 이야기의
주인공 말이에요. 거기까지는 좋았는데, 우쭐대며 태양 가까이
갔다가 밀랍이 녹아 바다에 떨어져 죽었지요.

찾았나요? 네, 낚시꾼 앞에 풍덩 빠졌네요. 간신히 다리만 보이는
주인공이라니, 정말 희한하지요. 하지만 화가의 설명을 들으면 고개가
끄덕여질 거예요. "이웃의 불행을 가엾게 여기지 않는 한심한
세상을 조롱하고 싶었답니다." 아하!

〈네덜란드 속담〉 : 유화 : 117 x 163cm : 1559년 : 베를린 국립 회화관

30

브뤼헐 속담 공부

예부터 전해 내려오는 교훈을 간결하고 짧게 표현한 글을 속담이라
하지요. 예를 들어 엄마, 아빠가 가끔 들려주시는 "세 살 적 버릇이
여든까지 간다."처럼요. 여기에는 어릴 때부터 나쁜 버릇이 들지
않도록 조심해야 한다는 교훈이 담겨 있고요.

화가는 그때까지 네덜란드에 전해 오던 여러 가지 속담을
바닷가 마을을 무대 삼아 익살스럽게 표현해 놓았답니다.

거리에서, 집 안에서, 지붕에서, 언덕에서 전개되는 엉뚱하고
배꼽 빠지게 우스운 장면들을 둘러보세요.

자, 오늘날을 사는 우리도 공감할 만한 속담 몇 가지를 알아보자고요.

❶ "쥐구멍으로 소 몰려 한다." 벽돌담에 머리를 박는 사람처럼
불가능한 일을 억지로 하면 안 되겠지요.

❷ "소 잃고 외양간 고친다." 어떤 일이 일단 잘못된 뒤에는 손을 써도
소용없어요. 소가 빠져 죽은 후에 웅덩이를 메워야 뭐하겠어요?

❸ "돼지에 진주 목걸이." 값어치를 모르는 사람에게는 황금도 보물도
다 쓸모없지요. 장미꽃을 먹이로 줄 리는 없을 테고요.

❹ "한번 엎지른 물은 다시 주워 담지 못한다." 일단 저지른 잘못은
되돌리기 어려워요. 쏟아진 죽도 마찬가지!

〈대사들〉 ⋮ 유화 ⋮ 207 x 209.5cm ⋮ 1533년 ⋮ 런던 국립 미술관

브론치노의 그림에서 '모래시계'로 '시간'을 나타낸다고 했어요.
이때 '모래시계'와 '시간'의 관계를 생각해 보아요. 구체적인(눈에
보이는) 사물과 추상적인(눈에 보이지 않는) 사물로 짝지어졌어요.
이처럼 **구체적인 사물로 추상적인 사물을 빗대어 나타내는
것이 상징**이에요. 연습해 볼까요. 하트는? 사랑! 화살표는? 방향!
호랑이는? 용맹함!

이번 감상은 그림 속 상징을 파악하여 주제 알아보기예요.

❶ 탁자 위에 놓인 다양한 천문 관측 기계와 해시계는? 신대륙 발견과
과학 기술의 발전을 상징해요.

❷ 탁자를 덮은 화려한 양탄자는? 서아시아의 강대국 오스만 튀르크
제국을 상징해요.

❸ 탁자 아래 칸에 류트라는 악기가 있어요. 그런데 줄이 끊어졌네요.
이것은 종교 개혁이 가져온 가톨릭과 개신교의 다툼을 상징하지요.

❹ 바닥을 찬찬히 살펴보아요. 변형된 해골이 보여요. 해골은 말할
것도 없이 불안과 죽음의 상징이에요.

이로써 화가가 표현하고 싶은 주제는 ❶ 때문에 그리스도교가
❷ 때문에 유럽 전체가 위협을 받고, ❸이 심해지는 상황에서 외교
활동을 벌이는 대사들이 느끼는 ❹라는 것을 알 수 있답니다.

〈**마태오의 부름**〉 ┊ 유화 ┊ 340 x 322cm ┊ 1598~1601년 ┊ 로마 산 루이지 데이 프란체시 성당

32 죄인을 고치는 의사

엄마 몰래 컴퓨터 게임을 했어요. 문이 벌컥 열리며 엄마가
들어왔어요. 엄마 콧구멍에서 연기가 풍풍! 내 심장은 벌떡벌떡!
이 장면을 그린다면, 어느 쪽이 성난 엄마와 겁에 질린 나를 가장
잘 표현할까요?
첫째, 온통 밝게 그린다.
둘째, 온통 어둡게 그린다.
셋째, 엄마 얼굴, 내 얼굴, 컴퓨터는 밝게 나머지는 어둡게 그린다.
자, 그림을 감상하면서 어떤 방법이 좋을지 스스로 알아보아요.
마태오는 세금을 걷는 관리였어요. 로마에 많은 세금을 내느라 허리가
휠 지경이던 이스라엘 사람들 눈에는 악당이요, 배반자였지요.
컴컴한 방에서 돈을 세던 그 마태오에게 한 줄기 빛과 함께
예수가 등장했어요. 빛과 어두움이 강렬한 대조를 이루며 크나큰
긴장감이 감돌아요. "나를 따르라." 예수가 손을 들어 마태오를
부르자, 마태오는 깜짝 놀랐어요. 저분이 나 같은 죄인을 원하다니!
도무지 믿을 수가 없어 자기를 가리켜요. "저 말입니까?" 곧바로
마태오는 모든 것을 버리고 예수를 따랐어요. "의사가 아픈 사람을
도와 건강하게 만들듯이, 나는 죄지은 사람을 도와 뉘우치게 만들어야
한다."라고 믿었던 예수가 마태오를 제자로 받아들인 거예요.

〈파리스의 심판〉 ⋮ 유화 ⋮ 144.8 x 193.7cm ⋮ 1632~1635년 ⋮ 런던 국립 미술관

벌거벗은 여인 셋이 나란히 섰어요. 바위 위에 걸터앉은 젊은이가
팔을 뻗는데, 그 손에 황금 사과를 쥐고 있어요. 시커먼 하늘에 괴롭게
울부짖는 여인이 보여요. 대체 무슨 일이지요?

여신 에리스는 화가 머리끝까지 뻗쳤어요. 신들이 자기만 쏙 따돌리고
잔치를 벌였거든요. 에리스가 황금 사과에 "가장 아름다운
이에게."라고 써서 잔치 마당에 던져 넣었지요. 시끌벅적 난리가
났어요. 신들의 왕비 헤라, 사랑의 여신 아프로디테, 지혜의 여신
아테나가 저마다 제 차지라며 박박 우겼어요. 신들의 임금 제우스가
좋은 꾀를 냈어요. 트로이 산속에서 양을 키우는 파리스에게 심판을
맡겼지요.

헤르메스가 세 여신을 이끌고 파리스를 찾았어요. 여신들은 앞다투어
달콤한 선물을 약속했어요. 헤라는 돈과 권력을, 아테나는 지혜를,
아프로디테는 가장 아름다운 여인을! 파리스가 누구에게 황금 사과를
내주나요? 팔의 방향과 눈길을 보니 가운데 여신이군요. 가운데
여신은 누구일까요? 여신 뒤를 보아요. 날개 달린 아이라?

아, 여신의 아들 에로스네요. 그렇다면 이 여신은 아프로디테!
파리스가 '가장 아름다운 여인'이라는 말에 홀딱 넘어간
것이지요. 이제 그림을 이해할 수 있지요?

〈비너스와 아도니스〉 : 유화 : 197.5 x 242.9cm : 1635년 : 뉴욕 메트로폴리탄 미술관

34 죽음과 새로운 탄생

앞에 나온 라파엘로의 그림을 펴 보아요. 다시 루벤스의 작품을
보아요. 다른 느낌이지요. 어떻게 다른가요? 라파엘로의 그림은
정지해 있어요. 고요하고 색깔은 차분한 데다 빛이 가득해요. 반면에
루벤스의 그림은 움직여요. 활발하고 꿈틀거리며 색깔은 강렬한 데다
빛과 어두움이 뒤섞여 있어요. 이 두 가지 느낌을 잘 간직해 두세요.
우리가 감상하는 명화들 대부분은 둘 중 하나의 느낌을 표현하게
마련이니까요.

그림을 보아요. 아도니스와 비너스가 서로에게 폭 빠졌어요. 누구나
사랑하는 사람을 아끼고 걱정하는 법! 비너스는 사냥을 즐기는
아도니스가 다칠까 봐 항상 마음을 졸였답니다. 그날도 창을 쥐고
사냥개를 끌고서 숲으로 달려 나가려는 아도니스를 간절하게
붙잡았지요. 큐피드도 엄마를 거들었어요. 씨름이라도 하려는 듯이
앙증맞은 몸짓으로 다리에 매달렸지요. 아, 젊은이들이 다 그러하듯이
아도니스도 몸이 근질거려 참을 수가 없었어요. 비너스 몰래 사냥을
나갔다가 멧돼지의 날카로운 엄니에 찔리고 말았지요. 비너스가
허겁지겁 날아왔지만, 여신을 기다리는 것은 싸늘한 시체뿐이었어요.
비너스는 아도니스를 영원히 기념하기 위해 그를 꽃으로
만들어 주었어요. 이 꽃이 바로 피처럼 빨간 아네모네랍니다.

〈에로스와 프시케〉 ⋮ 유화 ⋮ 190 x 198cm ⋮ 1639~1640년 ⋮ 런던 왕실 컬렉션

남편 찾아 삼만 리

열지 말라는 상자를 열어 인류를 고통 속에 살게 만들었다는 판도라 이야기를 들어 보았나요? 여기, 호기심에 못 이겨 상자를 열었다가 목숨을 잃을 뻔한 다른 여인의 이야기가 등장합니다. 훤칠한 청년으로 성장한 에로스가 헐레벌떡 달려오네요. 나무 아래 프시케가 쓰러져 있고요. 손을 보아요. 상자 뚜껑이 열려 있어요. 무슨 일일까요? 둘은 첫눈에 반해 부부가 되었어요. 꿀물처럼 달고 꽃향기처럼 싱그러운 나날이 흘렀어요. 그런데 질투심에 눈이 먼 프시케의 언니들이 둘을 갈라놓았어요. 에로스가 멀리 떠났어요. 프시케는 시어머니인 아프로디테를 찾아가 에로스를 만나게 해 달라고 애원했어요. 아프로디테는 프시케의 사랑을 시험해 보고 싶었어요. 저승 세계에 가서 그곳 여왕의 아름다움을 얻어 상자에 담아 오라고 명령했지요. 프시케는 씩씩하게 저승 세계로 갔다가 임무를 마치고 다시 이 세상으로 돌아왔어요. 그러나 아뿔싸! 호기심을 억누를 수 없었어요. '정말 예뻐질까?' 조심스레 상자를 열었지요. 그러나 상자 속에 있는 것은 아름다움이 아니었어요. 그것은 죽음으로 이어지는 영원한 잠이었어요. 때마침 에로스가 도착했어요. 프시케의 얼굴에서 잠을 떼어 내 상자에 집어넣었어요. 그 뒤 둘은 다시 하나가 되었답니다.

〈에이스 카드 속임수〉 ┆ 유화 ┆ 97.8 x 156.2cm ┆ 1620년 무렵 ┆ 포트워스 킴벨 미술관

36 조심해, 이 사람아!

라투르의 작품은 첫눈에 우리를 매혹시키는 매력을 지니고 있어요.
빛과 어두움이 강렬한 대조를 이루면서 만들어 내는 단순한 인물들이
텅 빈 배경 속에 또렷하게 드러나면서 신비스러운 장면을 연출해
내지요.

네 사람이 등장해요. 제목대로라면 속는 사람과 속이는 사람이 있을
텐데 어떻게 알 수 있지요? 화가가 단서를 남겨 놓지 않았을 리
없어요. 사람들의 눈과 몸짓을 찬찬히 살펴보아요. 누가 속임수를
쓰나요? 그리고 누가 속임수에 넘어가나요?

오른쪽에 앉은 순진한 청년은 상대방이 볼까 조심스레 카드 패를
살펴요. 두 여인은 서로 은근한 눈길을 나누어요. 서 있는 여인이
포도주 잔을 권하는 척하면서 청년의 패를 슬쩍 넘겨다보고는 앉아
있는 여인에게 신호를 보내요. 가운데 여인의 손이 왼쪽 사내를
가리키네요. 사내는 뒤쪽에서 쏟아지는 빛 때문에 그림자에 잠겼어요.
여인들과 한편이라는 뜻이에요. 사내 좀 보아요. 딴전을 피우듯
화면 밖을 보면서 뒤 허리띠에 숨겨 둔 카드를 몰래 꺼내는군요.
와우, 순진한 청년이 악당들에게 가진 돈을 몽땅 털릴 위기에
처했어요.

〈달걀을 요리하는 노파〉 ⋮ 유화 ⋮ 100.5 x 119.5cm ⋮ 1618년 ⋮ 에든버러 스코틀랜드 국립 미술관

사물에 의미 주기 37

"내가 그의 이름을 불러 주기 전에는 / 그는 다만 / 하나의 몸짓에 지나지 않았다. / 내가 그의 이름을 불러 주었을 때 / 그는 나에게로 와서 / 꽃이 되었다."

어떤 시의 일부예요. 소리 내어 읽으면서 시인의 마음을 느껴 보아요. 한 가지 물어볼게요. 지금 읽고 있는 이 책은 우리에게 어떤 의미일까요? 재미나 감동을 주나요? 그렇다면 이 책은 우리를 살찌우는 고마운 물건일 수 있군요. 의자는요? 밥그릇은요? 젓가락은요? 여태껏 별 관심을 기울이지 않았던 사소한 물건들이지요. 하지만 곰곰 생각해 보면 이런 물건들이 간직하는 소중한 의미를 발견할 수 있을 거예요. 시인은 그 발견을 '이름 부르기'라고 표현했고요.

그림과 '이름 부르기'가 무슨 관계냐고요? 그림을 보아요. 멜론, 술병, 숟가락, 프라이팬, 달걀, 놋그릇, 도자기 접시, 칼, 놋쇠 절구와 공이, 물병, 양파, 바구니, 국자, 볼품없이 늙은 할머니와 무뚝뚝한 소년. 이 모든 것이 섬세한 관찰과 애정 넘치는 붓질을 통해 생생한 의미를 가지게 되었어요. 그들이 살아 숨 쉬며 말을 걸어 와요. 화가는 시인처럼 사소한 물건들의 이름을 부르고 싶었나 봐요.

〈시녀들〉 ⋮ 유화 ⋮ 318 x 276cm ⋮ 1656년 ⋮ 마드리드 프라도 미술관

38 나는 화가다!

"안녕!" 인사를 건넬 사람이 여럿이에요. 가운데 예쁜 금발 머리
소녀가 우리를 보아요. 에스파냐의 공주랍니다. 시녀 둘이 시중을
들어요. 그중 한 시녀가 공주에게 정중하게 절을 하면서 곁눈질로
흘끔거려요. 검은 옷을 입은 난쟁이 아가씨도 물끄러미 쏘아보네요.
아가씨와 개를 약 올리는 어린 광대는 공주를 즐겁게 할 임무를 맡고
있답니다. 인사를 건넬 사람이 또 있어요! 이젤에 받쳐 놓은 큼직한
캔버스 뒤에서 몸을 뒤로 빼고서 웬 사내가 빤히 쳐다보아요.
오호, 손에 든 붓과 팔레트를 보니 화가가 틀림없군요.
화가는 누구를 그리고 있을까요? 혹시 실마리를 남겨 놓았을지
모르니까 숨은그림찾기처럼 구석구석 살펴보자고요. 어, 뒤쪽 벽
거울에 두 사람이 비쳤어요. 바로 왕과 왕비예요. 화가는 그들의
초상화를 그리는 중이었나 봐요. 그렇다면 이런 의문이 들어요.
왜 화가는 공주의 초상화에 자신은 물론 거울에 비친 왕과 왕비의
어렴풋한 그림자를 그려 넣었을까요? 혹시 속 좁은 이들이라면
기분 나빠 할 수도 있었을 텐데 말이에요. 그것은 이 그림이 단순한
초상화가 아니라, 화가의 자존심과 자신감을 위풍당당하게 표현하는
통쾌한 자기 선언이었기 때문이랍니다.
"화가는 왕과 왕비만큼 위대하다!"

〈벨사차르의 잔치〉 ː 유화 ː 167.6 x 209.2cm ː 1636~1638년 ː 런던 국립 미술관

이게 무슨 일이람! 39

그림은 어떤 느낌을 주나요? 네, 놀라움과 두려움!
화가는 이 느낌을 어떻게 강조했나요? 네, 빛과 어두움의 강렬한
대조! 오른쪽 위 벽에 글을 쓰는 손에서 뿜어 나오는 눈부신 빛이
사람들의 얼굴과 임금의 외투 그리고 황금 그릇을 환하게 비추고,
그림자는 다른 부분을 어두움 속에 가두어 놓았어요.
사람들은 왜 놀라고 두려워할까요? 네, 벽 위에 글을 쓰는
손 때문인데, 대체 무슨 일일까요?
신바빌로니아 왕국은 예루살렘을 무너뜨리고, 수많은 이스라엘
사람을 포로로 잡아 올 만큼 힘이 강한 나라였어요. 임금 벨사차르가
신하들 1000명을 초대해 호화스러운 잔치를 베풀었어요. 술기운이
거나하게 돌자, 임금은 예루살렘 성전에서 빼앗아 온 술잔에 술을
따라 마셨어요. 그 순간 갑자기 손이 나타나 궁전 벽에 글을 썼어요.
"므네 므네 트켈 파르신." 사람들은 너무 놀라 간이 콩알만 해졌어요.
다리가 후들후들 떨리고 등줄기를 타고 식은땀이 주르륵
흘러내렸어요. "임금의 수명이 다했으며, 나라는 곧 망할
것이다."라는 뜻이었으니까요.
이 이야기는 그리스도교 성경에 소개되어 있답니다.

〈야경〉 ⋮ 유화 ⋮ 363 x 437cm ⋮ 1642년 ⋮ 암스테르담 국립 미술관

40 렘브란트
내 돈 물러 줘!

단체 초상화를 주문받았다면(소풍, 입학식, 졸업식 때 단체 사진 찍은 일을 떠올려 보자고요.) 주인공 모두 돋보이게 그려 주어야 할 거예요. 똑같이 돈을 냈을 테니까요.

그림을 보아요. 북소리가 둥둥 울리고, 긴 창이 숲을 이루더니, 깃발이 가슴을 뛰게 만들어요. 탕탕 시끄러운 총소리가 요란하게 울려 퍼졌어요. 강아지는 컹컹 짖고, 사람들은 벌집을 쑤셔 놓은 듯 우왕좌왕 어찌할 바를 몰라요. 다시 총알을 넣으려고 총구를 쑤시는 사람, 창을 쑥 내미는 사람, 웬일이야 떠드는 사람, 토끼 눈이 되어 두리번거리는 사람……. 그건 그렇다 치고, 어떤 사람은 정면으로 밝게 그렸는데, 어떤 사람은 옆얼굴이거나 어둡게 그렸어요. 게다가 돈을 내지 않은 엉뚱한 인물도 여럿이에요. "뭐, 이런 그림이 다 있어!"라고 트집 잡을 수도 있겠지만, 렘브란트는 생각이 달랐어요. 사람들을 나란히 세워 놓고 찍는 단체 사진처럼 맥 빠진 초상화를 그리고 싶지 않았어요. 그리하여 평범한 사내들이 빛과 어두움, 움직임과 정지가 뒤섞인 활기찬 무대에서 새로운 생명과 톡톡 튀는 개성을 얻을 수 있었지요. 그렇다고 돈을 낸 사람들의 불만을 잠재울 수는 없었어요. 그들은 돈을 물어내라며 재판을 벌였답니다.

〈사비니의 여인들〉 ∶ 유화 ∶ 159 x 208cm ∶ 1637~1638년 ∶ 파리 루브르 박물관

난리가 났어요. 말과 사람이 길길이 날뛰고 고함과 비명 소리가
사방에 가득해요. 도망치는 사람, 추격하는 사람, 무엇보다 눈에 띄는
것은 우락부락한 사내들이 여인들을 붙잡으려 안간힘을 쓰는
모습이에요. 왼쪽 높은 단 위에서 붉은옷의 사내가 팔을 쳐든 것은,
혹시 이 대혼란의 시작을 알리는 신호가 아니었을까요?
멀고 먼 옛날, 하늘에서 내려온 환웅이 웅녀와 결혼하여 단군을
낳았고, 단군은 고조선을 세워 2000여 년 동안 다스렸다는 이야기를
들어 보았지요? 〈사비니의 여인들〉은 단군 이야기처럼 로마 제국이
처음 건국되었을 때 일어난 이야기를 들려주고 있답니다.
로물루스가 나라를 세워 로마라고 불렀지요. 잘나가는가 싶었는데
문제가 생겼어요. 여자가 부족했어요. 남자와 여자가 결혼을 해야
아이를 낳고, 아이들이 무럭무럭 자라야 나라가 제대로 굴러갈 텐데
정말 큰일이었어요. 그래서 꾀를 냈지요. 이웃 나라 사비니 사람들을
축제에 초대했어요. 웃고 떠들며 이야기꽃을 피우자 분위기가 한껏
달아올랐어요. 그 순간 로물루스가 신호를 보냈어요. 로마 남자들이
우르르 달려들어 사비니 남자들을 성 밖으로 내쫓았어요. 성안에 남은
사비니 여자들은 어쩔 수 없이 로마 남자의 아내가 되었답니다.

〈오르페우스와 에우리디케가 있는 풍경〉 ⋮ 유화 ⋮ 124 x 200cm ⋮ 1650~1653년 ⋮ 파리 루브르 박물관

42 슬픈 결혼식

오르페우스가 노래를 부르면 새와 물고기와 사나운 짐승이 귀를
기울이고, 나무와 풀과 바위가 춤을 추고, 강물은 물줄기를
바꾸었다고 해요. 그렇게 멋진 남자가 날마다 부드러운 노래를 불러
준다면 얼마나 달콤할까요?

에우리디케가 행운의 주인공이 되었답니다. 사랑에 빠진 두 사람은
결혼식을 올렸지요. 그러나 행복은 순식간에 물거품이 되어
사라졌어요. 결혼식이 끝나자마자 비극이 찾아왔거든요. 리라를
연주하며 노래를 부르는 오르페우스를 보아요. 예쁘고 착한 색시를
얻은 것에 감사하며 하늘을 올려다보아요. 손님들은 음악에 흠뻑
취했어요. 잠깐, 서 있는 사람 뒤를 보아요. 무릎을 꺾고 꿇어앉은
여인이 소스라치게 놀라 뒤를 보아요. 아, 에우리디케가 뱀에게
물렸어요. 가여운 오르페우스를 홀로 남겨 두고 쓸쓸히 저승
세계로 떠나고 말았지요.

그림 속 이야기를 따라가다 보니까 한 가지 특징을 발견할 수 있어요.
풍경이 등장인물보다 강조되었어요. 이런 점에서 푸생의 그림은
다음에 소개하는 클로드 로랭과 비슷한데, 이는 화가들이 사람보다
풍경에 더 많은 관심을 가지기 시작했음을 알려 주지요.

〈시바 여왕의 출항〉 ┊ 유화 ┊ 149.1 x 196.7cm ┊ 1648년 ┊ 런던 국립 미술관

지혜로운 사람을 찾아서

푸른 바다 위로 태양이 솟아올라요. 햇살이 부챗살처럼 둥글게 퍼져 나가고, 바다는 고기비늘처럼 반짝이며 잔잔하게 출렁거려요. 건물과 배와 땅이 햇살을 담뿍 받아 찬란한 황금 세계를 이루었어요.

두 여인이 서로 한 아기의 친엄마라고 주장해요. 우리가 재판관이라면 어떤 판결을 내릴까요? DNA 검사 같은 현대의 과학 기술은 절대 이용할 수 없어요. 생각처럼 쉽지 않겠지요.

옛날 이스라엘을 다스리던 솔로몬 임금은 이런 판결을 내렸어요. "아기를 둘로 갈라 나누어 주어라." 그러자 한 여인은 무덤덤한 반면, 다른 여인은 차라리 아기를 포기하겠다며 울부짖었어요. 이쯤 되면 누가 친엄마인지 분명하지요. 솔로몬은 이처럼 지혜로운 임금으로 이름이 높았답니다.

먼 나라의 여왕 시바가 그 소문을 들었어요. 사실인지 아닌지 궁금했어요. 물론 솔로몬과 결혼하고픈 마음도 굴뚝같았어요. 여자의 자존심도, 여왕의 체면도 문제 될 것 없었어요. 당장 이스라엘을 향해 떠나기로 결정했지요. 화면 오른쪽에 궁정 계단을 내려오는 여왕이 보여요. 곧 보트를 타고 둥근 탑 옆에서 기다리는 큰 범선으로 향할 거예요. 솔로몬에게 줄 선물을 싣는 사람들도 보여요. 꿈을 찾아 떠나는 가슴 벅찬 항해를 이제 막 시작하려 해요.

〈진주 귀고리를 한 소녀〉 ┊ 유화 ┊ 44.5 x 39cm ┊ 1665년 ┊ 헤이그 마우리츠하위스 왕립 미술관

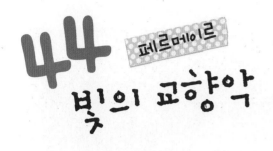

44 페르메이르
빛의 교향악

늦은 오후의 게으른 햇빛이 창을 넘어 시냇물처럼 흘러내려요.
살랑살랑 일렁이며 얼굴과 머리카락과 목덜미와 손과 옷을 기분 좋게
어루만져요. 방문 여는 소리가 들려요. "간식 먹자." 고개를 돌려
엄마를 보아요. 붓을 들어 그 순간 우리를 감싼 햇빛의 움직임을
고스란히 그려 보아요. 빛에서 어두움, 어두움에서 빛 그리고 조금씩
달라지는 색깔의 변화들! 어휴, 생각만 해도 힘들어요.
페르메이르는 이 같은 변화를 붙잡아 내는 뛰어난 재주를 가졌어요.
백 번 듣는 것이 한 번 보는 것만 못한 법! 그림을 보고 스스로 느끼는
것이 최고랍니다. 소녀가 어깨 너머로 고개를 돌렸어요. 도톰한
입술을 살짝 벌리고, 맑고 고운 눈으로 우리를 바라보아요.
금방이라도 입술을 달싹이며 "안녕!" 말을 걸어올 것만
같아요. 화가의 솜씨가 느껴지나요? 수레국화 꽃잎처럼 푸른
머릿수건 위로 부드러우면서 강렬한 빛이 흐르고, 그 빛과 어두움이
섬세한 색깔의 변화를 만들어 내고 있어요.
진주 귀고리는 또 어떤가요. 빛을 직접 받아 찬란히 빛나는 윗부분과
옷깃에 반사되는 빛을 받아 은은하게 빛나는 아랫부분을 두 번
정도밖에 안 되는 붓질로 대번에 완성했어요. 정말 놀라워요!

〈아틀리에의 화가〉 ∶ 유화 ∶ 120 x 100cm ∶ 1666~1668년 ∶ 빈 미술사 박물관

숨은 뜻 찾기

등을 보이고 앉은 화가가 여인을 그려요. 여인은 월계관을 쓰고, 나팔과 책을 들었어요. 역사의 여신 클리오예요. 커튼, 책상 위의 석고상, 벽에 걸린 지도, 천장의 화려한 샹들리에도 눈에 띄네요. 화가는 이 그림을 매우 아껴, 빚에 쪼들리면서도 죽는 날까지 팔지 않았지요. 이렇게 소중한 그림에 화가는 어떤 의미를 불어넣었을까요? 아래 주장을 살펴보고, 의견을 말해 보아요.

첫 번째 주장 월계관은 승리를, 나팔은 그 승리자가 유명해지는 것을 뜻한다. 따라서 그림은 화가의 이름이 널리 알려지는 것을 의미한다. 지도가 이 사실을 뒷받침하지 않는가.

두 번째 주장 화가는 자연을 똑같이 베끼기보다 역사를 바꾼 크나큰 사건과 위대한 승리자를 보여 주어야 한다. 이것이 이 그림을 그린 이유다. 석고상은 '자연의 모방', 커튼은 '감추어진 것을 드러냄'을 상징하기 때문이다.

세 번째 주장 샹들리에에 머리가 둘인 독수리 장식이 있다. 이것은 네덜란드를 지배하던 에스파냐를 상징한다. 화가는 에스파냐를 내쫓고 지도 오른쪽 지역이 네덜란드 공화국으로 독립한 역사적 사건을 기념하기 위해 그림을 그렸다. 지도 가운데 부분에 접힌 자국이 있는 것은 바로 이 때문이다.

〈부첸토로호의 귀환〉 ⋮ 유화 ⋮ 182 x 259cm ⋮ 1732년 ⋮ 런던 왕실 컬렉션

46 바다와 결혼하는 도시

카날레토는 고향 베네치아를 무척 사랑했나 봐요. 운하와 다리,
궁전과 성당 등 베네치아 구석구석을 화폭에 담은 그는 도시 풍경화의
대가가 되었지요. 이 그림은 베네치아에서 해마다 열리던 '바다와의
결혼 축제'를 경쾌하게 보여 준답니다.

구경꾼과 곤돌라가 축제 분위기를 돋우는 가운데 황금빛을 뒤집어쓴
부첸토로호가 붉은 깃발을 휘날리며 베네치아 총독 궁으로 돌아오고
있어요. 어디에 가서 무엇을 하고 오는 길일까요?

축제 날이면 부첸토로호는 바다로 나간답니다. 작은 배들이 꼬리에
꼬리를 물고 그 뒤를 따르지요. 초록 물살을 가르고 잔잔한 바람을
헤치면서 베네치아 앞바다에 누워 있는 리도 섬으로 가는 거예요.
총독과 사람들은 리도 섬의 성당에서 미사를 바치고 다시 바다로
나오지요. 그리고 드디어 바다 한가운데 결혼식장에서 결혼식을
베풉니다. 총독이 베네치아 사람들의 뜨거운 열망을 담아 이렇게
외쳐요.

"바다여, 그대와 결혼하노라!"

이윽고 총독이 금반지를 바다에 던져 넣으면 결혼식은 끝이에요.
강력한 해양 제국으로 지중해를 호령했던 베네치아의 자긍심이
돋보이는 행사지요.

〈아폴론과 다프네〉 ： 유화 ： 92 x 79cm ： 1743~1744년 ： 파리 루브르 박물관

짝사랑은 괴로워!

에로스가 태양의 신 아폴론의 무기를 만지작대다 놀림을 받았어요.
"꼬마야, 냉큼 가서 네 장난감이나 가지고 놀아!"
에로스는 심통이 부글부글 끓어올라 화살을 두 개 꺼내 시위에
메겼어요. 사랑을 불러일으키는 금 화살과 미움을 불러일으키는
납 화살이었지요. 금 화살이 아폴론의 심장, 납 화살이 다프네의
심장에 명중했어요. 큰일 났어요. 아폴론이 당신 없이는 못 살겠다고
죽어라 쫓아가면, 다프네는 당신 때문에 못 살겠다고 죽어라
달아났거든요. 아리따운 처녀가 태양의 신보다 빠를 수는 없었지요.
마침내 다프네는 지칠 대로 지쳐 고꾸라지기 직전이었어요. 무거운
발소리가 가까워졌어요. 가쁜 숨을 할딱대던 다프네는 아버지
페네우스를 찾았어요.
"오, 강의 신이여! 제 모습을 바꾸어 악당에게서 구해 주세요!"
앞에 항아리를 괴고서 돌아앉은 이가 페네우스예요. 강의 신을
상징하듯 노를 들고 있네요. 아버지는 딸의 간절한 애원을 뿌리치지
않았어요. 다프네의 손을 보세요. 손에서 싹이 돋고 있어요! 아폴론의
눈이 휘둥그레졌어요. 이 비극에 원인을 제공한 에로스가 마음이
아픈지 다프네를 떠받들고 낑낑거리네요. 이렇게 다프네는
월계수로 변신하고 말았답니다. 아이고, 짝사랑은 안 되겠어요.

〈시테라 섬으로의 나들이〉 ∶ 유화 ∶ 129 x 194cm ∶ 1717년 ∶ 파리 루브르 박물관

48 바토 사랑의 유람선

〈비너스의 탄생〉기억나지요? 사랑의 여신 비너스가 조가비를 타고
키프로스 섬에 도착하는 장면을 담았지요. 그런데 신화는 비너스가
시테라 섬에 먼저 들렀다고 전해요. 아하, 눈치 빠른 친구라면 이제
제목만 보고도 이 그림이 무엇을 말하는지 짐작할 거예요.
"사랑의 유람선을 타고 시테라 섬으로 나들이를 가자. 그곳이라면
사랑의 여신이 나의 반쪽을 찾아 주겠지." 빙고!
아스라한 수평선에 시테라 섬이 희미하게 보여요. 푸르게 우거진
나무들 사이 움푹한 포구에서 사랑의 여행을 시작하려 해요. 황금빛
유람선(왼쪽)은 당장이라도 항해를 시작할 채비를 마쳤어요. 노잡이가
"어서 배에 오르세요!" 재촉하고, 바람에 실려 온 큐피드들이 사랑의
춤을 추고 있어요.
젊은 남녀 다섯 쌍이 웃고 떠들며 유람선으로 다가가요. 무성한 수풀
속에 비너스의 동상(오른쪽)이 서 있어요. 비너스는 힘이 센가 봐요.
양탄자를 펴 놓은 듯한 풀밭에서 세 쌍이 벌써 사랑에 빠졌어요.
큐피드가 드레스를 당기는데도 달콤한 대화에서 깨어나지 못하는
이들, 간신히 자리에서 일어나는 이들, 바닷가를 향해 발걸음을
옮기지만 못내 아쉬워 자꾸 뒤를 돌아보는 이들. 유쾌하고 발랄한
느낌을 가벼운 붓질로 아름답게 표현했어요.

〈제르생의 간판〉 ⋮ 유화 ⋮ 163 x 306cm ⋮ 1720년 ⋮ 베를린 국립 미술관

결핵 때문에 손이 마비되어 감각이 무뎌진 바토가
하루는 화랑을 경영하는 고마운 친구 제르생에게
희한한 제안을 했어요.
"손가락 운동도 할 겸 화랑에 걸 간판을 그려 볼까
하는데 괜찮겠나?"
바토는 붓을 들었어요. 벽을 없애 거리와 화랑을
자연스레 연결하고, 벽면 가득 그림을 걸고, 뒤쪽에는
커다란 유리문을 통해 또 다른 방이 보이도록 무대를
만들었어요.
다음은 연기를 선보일 배우 차례예요. 초상화를
포장하기 바쁜 직원과 구경꾼, 화랑으로 들어서는
아가씨와 손을 내미는 청년, 그림을 감상하는 나이
지긋한 부부와 설명을 해 주는 남자, 세 명의 손님에게
그림을 소개하는 여자 그리고 다리에 얼굴을 묻고
잠이 든 개.
이렇게 단 8일의 '손가락 운동'이 명작을
탄생시켰어요. 다행스럽게도 그림은 화랑 문 위에
걸리지 않았어요. 곧 사겠다는 사람이 나타났거든요.

〈책 읽는 소녀〉 ː 유화 ː 81.1 x 64.8cm ː 1770년 ː 워싱턴 국립 미술관

50 엥, 그림 퀴즈?

프라고나르

그림을 감상하면서 몇 가지 퀴즈를 맞혀 보세요. 오른손에 책을 들고 독서에 폭 빠진 소녀가 옆모습으로 그려져 있어요. 소녀는 짙은 노란색 드레스를 입고 자주색 베개에 편안히 기대어 앉았어요. 갈색 머리카락은 뒤로 모아 틀어 올리고 머리와 목뒤, 가슴에 보라색 리본을 달았어요. 소녀의 몸을 따라 부드럽게 흐르는 곡선과 화사한 색채가 화가의 그림 세계를 잘 드러내고 있네요.

퀴즈 1 빛은 어느 쪽에서 들어오나요?

아하 1 빛이 소녀의 얼굴과 몸을 비추고, 등 뒤의 벽에 그림자를 드리우니 왼쪽에 창문이 있겠군요.

퀴즈 2 화가가 붓대 끝으로 긁어내듯 표현한 부분은 어디일까요?

아하 2 옷깃과 목의 주름 장식을 보세요. 연회색 줄이 있어요.

퀴즈 3 오른쪽 갈색 벽은 직선의 강한 느낌으로 소녀가 지닌 부드러운 곡선을 강조하며 그림 전체에 안정성을 주어요. 이런 직선의 요소가 또 하나 있는데, 무엇일까요?

아하 3 노란 드레스 자락에 살짝 가린 의자의 팔걸이지요.

퀴즈 4 그림은 어떤 느낌을 주나요?

아하 4 느긋함, 나른함, 고요함 그리고 무엇보다 제집 같은 편안함.

〈결혼 직후〉 ː 유화 ː 69.9 x 90.8cm ː 1743년 무렵 ː 런던 국립 미술관

결혼은 소중한 것이야! 51

엄마, 아빠가 결혼해서 우리를 낳았어요. 우리에게 생명을 주고, 엄마와 아빠에게 우리를 키우는 기쁨을 주었으니 결혼의 소중함은 따로 말할 필요조차 없겠죠. 소중한 만큼 사랑하는 사람끼리 결혼하는 것이 마땅하겠지요. 그런데 예나 지금이나 어리석은 사람이 있게 마련인가 봐요. 사랑하지 않는데도 돈 때문에, 신분 때문에 결혼하는 사람이 있다는 말이지요.

화가는 이런 결혼은 결코 행복할 수 없다는 교훈을 주기 위해 〈최신식 결혼〉이라는 제목으로 여섯 장의 그림을 그렸어요. 이 그림은 그중 두 번째 장면이에요. 빈털터리가 된 귀족의 아들과 돈밖에 모르는 부유한 상인의 딸이 결혼했어요. 세상에! 두 사람 꼴 좀 보세요. 밤새 밖에서 바람을 피우다 들어온 남편은 피곤에 찌든 모습이 역력해요. 아내라고 다를 것 없군요. 남편과 달리 생기발랄한데, 기지개를 켜는 척 손거울을 흔드는 모습이 영 수상하네요. 그래요, 애인을 집에 들였던 거예요. 왼쪽에서는 질렸다는 몸짓을 하며 하인이 화면 밖으로 걸어 나가요. 영수증 뭉치는 부부가 돈을 흥청망청 쓰고 있다는 사실을 알려 주고요. 〈최신식 결혼〉의 나머지 그림은 남편이 아내의 애인에게 살해당하고, 아내 또한 애인이 사형당한 뒤 스스로 목숨을 끊는 얘기랍니다.

〈소크라테스의 죽음〉 : 유화 : 129.5 x 196.2cm : 1787년 : 뉴욕 메트로폴리탄 미술관

진리의 죽음

소크라테스는 진리를 찾는 일에 한평생을 바쳤어요. 진리는 칼보다 강하답니다. 속임수로 이득을 얻는 사람들의 가면을 벗겨 내지요. 그러니 당연히 미움을 받았겠지요? 안타깝게도 소크라테스는 젊은이들을 잘못된 길로 이끌었으며, 나라가 인정하는 신을 거부하고 새로운 신을 믿었다는 이유로 사형 선고를 받았답니다.

사형이 집행되는 날이에요. 소크라테스는 독이 든 잔을 받아 단숨에 들이켰어요. 친구와 제자들이 펑펑 눈물을 쏟으면서 서럽게 울부짖고 있어요. 소크라테스는 그들을 이렇게 나무랐어요.

"웬 소란인가! 죽음을 조용히 맞이하기 위해 여자들까지 돌려보냈는데. 그만 진정하게."

그림이 어떤 장면을 담아냈는지 감이 오나요? 소크라테스가 손가락으로 하늘을 가리키는 것은 진리는 지금 세계가 아니라 죽은 다음의 세계에서 만날 수 있다는 믿음을 나타내요.

라파엘로와 루벤스의 그림이 어떻게 다른지 이야기한 것 기억나요? 이 그림은 300여 년의 세월을 훌쩍 뛰어넘어 라파엘로의 그림과 닮아 보여요. '소크라테스의 죽음'이라는 무거운 주제를 다루는 데 알맞은 표현법인 까닭이지요.

〈나폴레옹의 대관식〉 ┊ 유화 ┊ 621 x 979cm ┊ 1806~1807년 ┊ 파리 루브르 박물관

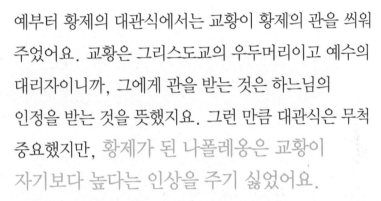

결정적 순간 다비드 53

예부터 황제의 대관식에서는 교황이 황제의 관을 씌워 주었어요. 교황은 그리스도교의 우두머리이고 예수의 대리자이니까, 그에게 관을 받는 것은 하느님의 인정을 받는 것을 뜻했지요. 그런 만큼 대관식은 무척 중요했지만, 황제가 된 나폴레옹은 교황이 자기보다 높다는 인상을 주기 싫었어요.

그래서 교황을 개밥에 도토리 신세로 만들지 않으면서 자기 체면을 살릴 묘안을 짜냈지요.

❶ 교황이 황제의 관에 축복을 베풀고 제단에 놓는다.

❷ 나폴레옹이 손수 관을 쓴다. 잠시 후, 제단에 관을 벗어 놓고 대신 월계수 관을 쓴다.

❸ 다시 황제의 관을 들고 무릎을 꿇고 앉은 조제핀에게 다가가 관을 높이 쳐든 다음 황후에게 관을 씌우겠다고 선언한다.

❹ 황제의 관으로 조제핀의 머리를 살짝 건드린다.

위대한 '기념사진'에 담긴 결정적 순간은?

〈호메로스 예찬〉 ⋮ 유화 ⋮ 386 x 512cm ⋮ 1827년 ⋮ 파리 루브르 박물관

54 호메로스 만세

《일리아드》와《오디세이아》를 쓴 호메로스가 높은 단 위에 동상처럼 앉았어요. 그 아래 붉은옷의 여인은《일리아드》, 초록 옷의 여인은 《오디세이아》를 상징해요. 승리의 여신 니케가 시인에게 영광의 월계관을 씌워 주고 있네요.

이토록 가슴 뿌듯한 자리에 역사를 빛낸 위인들이 앞다투어 참석했는데, 그중에 친숙한 화가들이 보이는군요. 왼쪽 아래 손을 들어 호메로스를 가리키는 푸생, 그 위쪽 검은 겉옷과 흰 셔츠를 입은 라파엘로, 오른쪽 맨 끝 황금 갑옷을 입은 사내(알렉산더 대왕)로부터 위로 세 번째 턱을 괴고 깊은 생각에 잠긴 미켈란젤로.

앵그르는 왜 호메로스를 찬양하는 그림을 그렸을까요? 배경의 신전, 삼각형을 이루는 호메로스와 두 여인, 좌우 대칭을 이루는 왼쪽 위인들과 오른쪽 위인들. 모두 조화와 질서, 균형과 안정감을 선사해요. 그런데 옛날 그리스 사람들은 이런 느낌을 간직한 뛰어난 문화를 창조했지요. 스승 다비드와 같은 미술 세계를 추구한 앵그르는 자연스레 그리스 문화를 존경했어요. 호메로스를 그 상징으로 삼아 찬양을 보낼 만했지요. 미켈란젤로, 라파엘로, 푸생을 등장시킨 것은 그들이 자신과 비슷한 생각을 가졌기 때문이고요.

〈1808년 5월 3일〉 ⫶ 유화 ⫶ 268 x 347cm ⫶ 1814년 ⫶ 마드리드 프라도 미술관

전쟁은 싫어요

프랑스가 에스파냐를 통째로 집어삼키려고 으르렁거렸어요. 카를로스 4세가 꽁무니를 빼고 달아나자 반대파가 그를 막았어요. 그리고 왕관을 빼앗아 아들 페르난도에게 건넸지요. 황금 같은 기회를 그냥 흘려보낼 나폴레옹이 아니었어요. 나폴레옹은 뮈라 장군에게 에스파냐의 수도 마드리드를 점령하라는 명령을 내렸어요. 다음은 숨통을 끊어 버릴 차례! 아버지와 아들을 모두 내쫓고 자기 형 조제프를 새 왕으로 세울 계획이었지요.

하지만 에스파냐 백성은 임금과 달랐어요. 1808년 5월 2일, 마드리드 시민들이 들고일어났어요. 당황한 뮈라 장군은 으름장을 놓았어요. "반란에 가담한 자는 남김없이 총살할 것이다." 3일 새벽, 수백 명의 시민이 무참하게 처형당했어요. 그들의 죽음은 헛되지 않았어요. 독립 전쟁의 신호탄을 쏘아 올렸지요. 방방곡곡에서 거센 저항이 잇따랐고, 마침내 1813년 프랑스 군대의 항복을 얻어 냈지요. 고야는 고귀한 희생을 길이 남기고 싶었어요. 사각형 등불에서 환한 빛이 쏟아져 나와 긴장감을 더해 주고 있어요. 시선은 자연스레 두 팔을 쳐든 남자에게 고정돼요. 죽는 순간까지 항복하지 않는 남자는 자유를 위한 모든 싸움의 상징이지요. 한편 어둠에 잠겨 소총을 겨눈 처형자들은 돌덩이같이 냉혹하기만 해요.

〈메두사의 뗏목〉 ⋮ 유화 ⋮ 491 x 716cm ⋮ 1819년 ⋮ 파리 루브르 박물관

56 제리코
가슴을 뒤흔드는 그림

아들의 시체를 무릎에 올려놓고 돌처럼 굳은 노인이 단박에 눈을
사로잡아요. 시체들이 나뒹굴어요. 노인 옆에 앉은 흑인의 시선을
대각선으로 따라가면 사람들이 서로 붙잡고 자리에서 일어나려
안간힘을 써요. 그 끝에 미친 듯이 천 조각을 흔드는 흑인이 보여요.
한 사내가 뒤를 돌아보며 팔을 뻗어 수평선을 가리켜요. 짙은
먹구름이 걷히면서 수평선이 부옇게 밝아 와요. 혹시 희망이?
1816년, 프랑스 군함 메두사가 아프리카 서해안에서 좌초되었어요.
함장은 구명보트를 이용해 탈출하기로 결정했어요. 구명보트에 타지
못한 146명은 뗏목에 태워 끌고 가겠다고 약속했지요. 하지만 뗏목은
버려졌고, 이윽고 죽음의 공포가 인간성을 빼앗아 갔어요. 사람들은
서로 죽이는 것도 모자라 살기 위해 죽은 시체를 뜯어 먹었지요.
지옥 같은 날이 13일이나 흐르고, 15명만이 살아남았어요. 그리고
지금 이 순간 수평선 저쪽에서 구조선의 희미한 그림자를 발견한
거예요.
화가는 고통과 분노를 함께 나누자며 우리에게 손짓해요.
자유를 향한 용감한 투쟁에 동참하기를 바라던 고야의
그림을 볼 때처럼 뜨거운 감정이 끓어오르는 것을 느껴요.
다비드나 앵그르의 그림이 주는 느낌과 한번 비교해 보세요.

〈키오스 섬의 학살〉 ː 유화 ː 419 x 354cm ː 1824년 ː 파리 루브르 박물관

슬픈 운명을 간직한 섬 57

오랜 세월 오스만 제국의 지배를 받던 그리스가 독립 전쟁의 횃불을 높이 들었어요. 먼 옛날 호메로스가 살았다는 평화로운 키오스 섬에도 전쟁의 그림자가 드리워졌어요. 이웃 섬에서 독립군이 들어와 오스만 제국 병사를 공격했어요. 오스만 제국의 보복은 너무나도 잔인했어요. 세 살이 안 된 아기와 열두 살이 넘는 남자와 마흔 살이 넘는 여자를 모두 죽였어요.

그림을 보아요. 키오스 사람들이 죽음을 기다리고 있어요. 영혼이 빠져나간 텅 빈 눈을 뜨고 길게 누운 사내, 신의 도움을 구하듯 하늘을 올려다보는 할머니, 말에 묶여 몸부림치는 여자, 애걸하는 몸짓으로 말에 매달린 남자, 싸늘하게 식어 버린 엄마의 젖을 만지는 아기. 무자비한 오스만 제국 병사가 칼을 꺼내요. 어떡해요!

들라크루아는 루벤스를 존경했어요. 고요한 안정감보다 활발한 운동감을 추구했지요. 이런 효과를 얻기 위해 붓질 자국이 보이도록 거칠게 색을 칠했어요. 앵그르가 고요한 안정감을 얻기 위해 명확한 윤곽선 안에 붓질 자국이 눈에 띄지 않을 만큼 섬세하게 색을 칠한 것과 대조를 이루지요. 들라크루아는 형태보다 색을 강조했고, 반면에 앵그르는 색보다 형태, 즉 사물의 모양을 강조했다고 할 수 있어요.

〈? (본문을 읽어 보세요.)〉 ⋮ 유화 ⋮ 260 x 325cm ⋮ 1831년 ⋮ 파리 루브르 박물관

58 미술 탐정

장난꾸러기 꼬마가 전시물 라벨에 낙서를 하는 바람에 화가와 제목을
알아볼 수 없게 되었어요. 그렇다면 직접 확인해 보자고요.
화가는 쉽게 알 수 있네요. 오른쪽 삐죽 나온 나무에
"Delacroix(들라크루아) 1830."이라는 사인이 보이잖아요. 사인이
없어도 알 수 있을 거예요. 〈키오스 섬의 학살〉과 같은 표현 방식을
보여 주니까요.

여인이 시체와 방어벽을 넘으며 사람들을 이끌어요. 깃발을 휘날리며
소총을 들었어요. 뒤를 따르는 사람들은 목숨이 다할 때까지 물러서지
않을 태세예요. 전쟁터 한복판? 도적 떼의 습격? 무엇을 그렸는지
영 알쏭달쏭해요. 힌트! 유관순이 '대한 독립 만세'를 외칠 때 흔들던
것은? 오호, 깃발이 상징하는 것을 찾아내면 되겠군요. 차별과 억압에
신음하던 프랑스 사람들은 1789년 혁명을 통해 평등과 자유를
쟁취했어요. 그 시절에는 왕실의 깃발 대신 빨강 하양 파랑의
삼색기를 혁명의 상징으로 삼았지요.

이제 알겠네요. 화가는 혁명의 열기를 그렸군요. 1830년 7월,
자유와 평등을 짓밟으려는 샤를 10세에 대항해 다시 한 번 혁명의
삼색기가 힘차게 펄럭였던 거예요.

참, 그림의 제목은 〈민중을 이끄는 자유의 여신〉이랍니다.

〈안개 바다 위의 방랑자〉 ⫶ 유화 ⫶ 94.8 x 74.8cm ⫶ 1818년 ⫶ 함부르크 함부르크 미술관

마음과 자연이 만날 때 59

가만히 그림을 느껴 봐요. 어떤 느낌인가요? 글로 써도 좋고, 말로 해도 좋아요. 엄마, 아빠나 친구에게 발표하면 더 좋고요.

자기 생각과 감정을 표현하는 것은 아주 중요하답니다. 그런 다음 이 글을 읽고 여러분의 느낌과 비교해 보아요.

아슬아슬한 바위 절벽 꼭대기에 남자가 섰어요. 등을 돌린 남자는 발아래 산안개구름 사이로 가물거리는 기암괴석들을 바라보아요. 산안개구름의 소용돌이 너머에는 산등성이가 천천히 흐르고, 아득히 구름 가득한 하늘을 향해 높은 산이 우뚝 솟았어요.

산에 올라 보았나요? 바닷가에 서 보았나요? 강물을 마주해 보았나요? 어떤 느낌이던가요? 물론 아름다웠겠죠. 또 다른 느낌 없었나요? 네, 위대함이 느껴져요. 자연의 위대함 앞에서 절로 고개가 숙여지는 '아찔한 경험', 누구나 한 번쯤 겪어 보았을 거예요.

금발 머리를 바람에 흩날리는 저 남자는 바로 화가예요. 그가 지금 '아찔한 경험'의 현장으로 우리를 초대해요. "화가는 그 앞에 펼쳐진 세상을 그릴 뿐만 아니라, 자기 마음속에 펼쳐진 풍경을 그려야 한다."라는 그린 이의 다짐이 잘 드러난 훌륭한 풍경화랍니다.

여러분의 느낌은 어땠나요? 들려주세요!

〈건초 마차〉 ⋮ 유화 ⋮ 130.2 x 185.4cm ⋮ 1821년 ⋮ 런던 국립 미술관

60 그림의 다른 이름, 감정

풍경화를 그리기로 했어요. 어떻게 해야지요? 우선 밖으로 나가요.
아름다운 풍경을 찾아요. 현장에서 직접 관찰하고 나만의 느낌을
확인한 다음에 붓을 들어요. 삼척동자도 다 아는 얘기 같지만, 모르는
사람도 있나 봐요. 그들은 나무, 집, 하늘을 머릿속에서 꺼내
한 덩어리로 짜 맞추고는 그것을 풍경화라고 주장했어요.
컨스터블은 달랐어요. 바람과 습기를 머금은 대기, 들과 숲이 만드는
색채, 나뭇잎과 물에 비치는 햇살을 부지런히 관찰하고 스케치했어요.
자연은 쉬지 않고 변하니까, 화가도 그만큼 예리하고 성실해야
했지요. 이로써 그의 풍경화는 매우 사실적이면서도 감정을
불러일으키는 힘을 갖게 되었어요. 그림을 보면서 직접 확인해
보자고요.
구름이 가득 흐르는 하늘과 푸른 나무와 숲과 들판이 무대를
연출했어요. 강 한복판 건초 마차에 두 남자가 올라탔어요. 노란
모자는 말을 재촉하며 채찍을 휘두르고, 검은 모자는 강가의 강아지를
손짓해 불러요. 왼쪽에 오두막집과 빨래하는 아낙네, 오른쪽에 보트
위에서 낚시를 즐기는 남자가 있어요. 멀리 쨍쨍한 햇볕 속에서
농부들의 손길이 바빠요. 어떤 감정이 느껴지나요?

〈비, 증기 그리고 속도 ― 대(大) 서부 철도〉 ⋮ 유화 ⋮ 91 x 121.8cm ⋮ 1844년 ⋮ 런던 국립 미술관

토끼는 빨라요 61

"뭐야! 온통 노란 얼룩인데, 뭘 보라고!"

이맛살을 찌푸리나요? 세상 모든 일이 다 그러하듯 그림 구경도 맨입으로 되지 않을 때가 있는 법! 이럴 때는 화가의 생각을 들어 보는 것이 최고랍니다.

"터너 선생님, 뭘 그렸습니까?"

"쏟아져 내리는 비를 뚫고 증기를 내뿜으며 맹렬한 속도로 달려오는 기차를 그렸소이다. 중앙에서 오른쪽 아래 방향으로 철도교가 흐르고 그 위에서 기차가 몸부림치고 있소. 어지럽게 꿈틀거리는 비와 대기, 왼쪽에 다리가 또 하나, 넘실거리는 강물 위에 배 한 척, 철도교 오른쪽에 세상 시름을 다 잊고 쟁기질에 바쁜 농부."

"아, 그렇군요! 그런데 왜 이렇게 어지럽습니까?"

"위대한 자연에 비하면 인간과 인간이 만들어 놓은 기술 문명은 초라한 모래성에 지나지 않아요. 자연은 우리에게 모든 것을 주고, 또 모든 것을 빼앗아 간다오. 그 위대한 힘을 어찌 표현하겠소? 빛과 대기의 출렁거림과 눈부신 색채의 떨림 말고!"

"네! 토끼가 기차 앞에서 달리고 있는 것은 무얼 뜻하지요? 기술이 자연의 위대함을 따라잡지 못한다는 의미인가요?"

"호, 생각이 제법 깊구려."

〈오필리아〉 ⫶ 유화 ⫶ 76.2 x 111.8cm ⫶ 1851~1852년 ⫶ 런던 테이트 갤러리

62 햄릿의 연인

셰익스피어의 《햄릿》을 읽어 보았나요? 꼭 읽어 보세요. 명화만큼
아름답고, 배고플 때 문을 열고 들어서는 엄마 얼굴만큼
감동적이랍니다. 밀레이는 《햄릿》의 한 장면을 위해 젖 먹은 힘까지
다 냈어요. 드디어 영롱한 별 같은 단어 하나하나가 보석처럼
찬란한 색깔 하나하나로 바뀌었지요. 진초록, 연초록,
노란연두, 갈색의 나뭇잎과 풀과 이끼가 풍성한 시냇가. 하양, 빨강,
노랑, 파랑, 분홍 꽃들이 화려한 물속에 아리따운 아가씨가 누웠어요.
무슨 일이 일어난 걸까요?
"별을 불덩이라고 의심하고, 태양이 움직인다고 의심하며, 진실을
거짓이라고 의심한다 해도 내 사랑만은 의심하지 마세요."
이처럼 사무치게 사랑한다던 햄릿이 그녀의 아버지를
죽이자(사고였어요!) 오필리아는 슬픔에 못 이겨 미쳐 버렸어요.
어느 날, 그녀는 예쁜 화환을 쓰고 시냇가로 나왔어요. 화환을 가지에
걸어 주고 싶었나 봐요. 비스듬히 누운 나무 위로 기어오르다 그녀는
물에 빠졌어요. 풍성한 옷자락 덕분에 그녀의 몸이 잠깐 동안 물 위에
둥실 떴어요. 얼른 물가로 나와야 했지만 그녀는 무슨 일이
일어났는지 모르는 사람처럼 노래를 부르기 시작했어요.
마침내 가여운 오필리아는 물에 빠져 죽었답니다.

〈이삭 줍는 사람들〉 ⋮ 유화 ⋮ 83.5 x 110cm ⋮ 1857년 ⋮ 파리 오르세 미술관

보통 사람들을 그려요

화가들은 보통 사람이 아니라 신, 왕, 장군 같은 높은 사람을 주로
그렸어요. 보통 사람이 등장하더라도, 역사나 종교의 영웅 이야기를
연기하는 엑스트라에 지나지 않았지요.

이 그림을 보아요. 시골 아낙네 셋이 이삭을 줍고 있어요. 지위가
높거나 돈과 권력이 많지도 않은 사람들이에요. 또 그림에는 아무런
이야기도 없어요. 얼굴마저 보이지 않는 보통 사람들이 그저 묵묵히
일을 할 따름이에요. 이렇게 밀레는 농촌 사람들의 소박한 삶을
즐겨 그렸어요. 색채가 화려하거나 떠들썩하지 않은 것도 농촌
분위기를 고스란히 반영한 탓이고요.

별일이에요! 이토록 평화로운 그림에 프랑스 혁명 때 왕과 귀족과
부자들을 처형하는 데 쓴 '단두대'라는 비난이 쏟아졌으니 말이에요.
추한 모습(서양에서는 땅에 떨어진 이삭을 가장 가난한 이들이 주워
가는 풍습이 있었어요.)을 드러냄으로써 혼란을 부채질한다는
주장이었지요.

그림의 배경을 보아요. 말을 탄 사내가 지켜보는 가운데 많은 일꾼이
추수한 곡식을 질끈 묶고, 져 나르고, 쌓느라 분주해요. '곡식이
저렇게 많은데, 나누어 줬으면 좋겠다.' 이런 생각이 들어요.
밀레가 비난받을 짓을 했는지도 모르겠네요.

〈만종〉 ⋮ 유화 ⋮ 55.5 x 66cm ⋮ 1857~1859년 ⋮ 파리 오르세 미술관

64 만종

만종은 저녁 종을 뜻해요. 저녁 종과 이 그림이 무슨 관계일까
궁금하지요? 가톨릭 신자들은 아침, 점심, 저녁 하루에 세 번 치는
성당의 종소리에 맞추어 하던 일을 멈추고 기도를 드려요. 이것을
삼종 기도라고 하는데, 그림의 원래 제목도 〈삼종 기도〉랍니다.
그런 것을 이해하기 쉽게 〈만종〉이라 고쳐 불렀고, 그 후 습관처럼
굳어졌지요. 제목을 썩 잘 지은 것 같지는 않아요. 여러분이라면
뭐라고 짓고 싶나요?

다음은 그림 구경! 해는 뉘엿뉘엿 서쪽으로 기울고 새들은 보금자리를
찾아 날아가는데, 지평선 멀리 교회 종탑에서 종소리가 울려 퍼져요.
농사꾼 부부가 일손을 멈추고 고개 숙여 두 손을 모아요. 감자를 담은
바구니, 자루를 실은 외바퀴 손수레, 땅에 찔러 둔 쇠스랑도 부부의
기도에 동참하려는 듯해요. 시간은 멈추고 종소리마저 얼어붙은
순간, 들판은 고요하고 포근히 황금빛 노을에 잠겼어요.
밀레는 가난하고 지친 삶 속에서도 감사하는 마음과 희망을 잃지 않은
농부들을 애정 가득한 눈길로 바라보아요. 그리고 그가 느낀
잔잔하면서도 가슴 터질 듯한 감동은 평범한 농사꾼 부부를 영원히
잊지 못할 감사와 평화의 상징으로 바꾸어 놓았답니다.

〈화가의 아틀리에〉 ∶ 유화 ∶ 361 x 598cm ∶ 1854~1855년 ∶ 파리 오르세 미술관

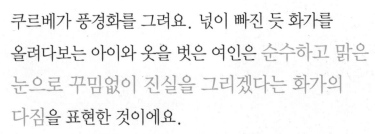

쿠르베가 풍경화를 그려요. 넋이 빠진 듯 화가를
올려다보는 아이와 옷을 벗은 여인은 순수하고 맑은
눈으로 꾸밈없이 진실을 그리겠다는 화가의
다짐을 표현한 것이에요.

화가 오른쪽에는 친구들과 그를 이해해 주는 고마운
사람들이 있어요. 한편 왼쪽에는 어중이떠중이
별사람이 다 등장해요. 그 앞쪽 의자에 앉은 사람은
당시의 프랑스 황제 나폴레옹 3세예요. 정당하지 못한
방법으로 황제 자리에 오른 그를 비아냥거린
것이지요.

그래서일까요? 이 그림을 그리고 1년 뒤, 예술 장관이
쿠르베를 초대했어요. 장관은 마주 쥔 손에 힘을 주며,
지나친 행동을 삼간다면 정부가 지원을 아끼지
않겠다고 말했어요. 쿠르베가 대답했지요.

"제가 정부이자, 제 그림의 유일한 심판관입니다."

장관이 대꾸했어요.

"쿠르베 선생, 콧대가 높으십니다그려."

"아무렴요, 프랑스 최고랍니다."

〈화가의 어머니〉 ┊ 유화 ┊ 144.3 x 163cm ┊ 1871년 ┊ 파리 오르세 미술관

66 휘슬러 우리 엄마가 아니에요!

어머니를 얼마나 사랑하고 존경했으면, 그 감사의 마음을 이토록
멋진 작품에 담아냈을까요? 정말 효자네요. 감탄과 칭찬이 쏟아져요.
그런데 물론 그런 뜻도 있었지만, 진짜 의도는 다른 곳에 있었다며
휘슬러가 손사래를 칩니다.

그는 화가는 오로지 아름다움만을 추구해야 한다고 믿었어요.
성경, 신화, 역사에 관한 이야기를 들려주면서 신을 믿으라거나
교훈을 준다거나 어떤 인물과 집단을 광고하려는 생각은 잘못이라고
주장했지요. 작곡가를 떠올려 보아요. 음의 높낮이와 박자의 길이와
그 어울림만을 이용해 아름다운 음악을 창작하죠.

휘슬러는 화가들에게 작곡가를 본받으라고 권유했어요. 색조(색깔의
밝음과 어두움, 강함과 약함, 탁함과 맑음, 따뜻함과 차가움)의
변화가 선사하는 아름다운 조화를 찾아내라는 얘기였지요.

그림을 보아요. 세월의 무게를 간직한 표정 없는 얼굴, 둥글게 퍼진
드레스, 커튼, 액자, 벽, 바닥. 곡선과 직선이 만들어 내는
단순한 무대 위에서 흰색과 회색 그리고 검은색이 한데
어울려 완벽한 조화를 이루었어요. 이제 그림의 원래 제목이
〈회색과 검은색의 조화, 제1번〉이었다는 설명을 들어도 당황하지
않을 테지요.

〈풀밭 위의 점심〉 ∶ 유화 ∶ 208 x 264.5cm ∶ 1863년 ∶ 파리 오르세 미술관

악마적인 속임수 67

숲 속을 거닐어요. 우거진 나무 사이로 바람이 쏴 불어와요. 덤불숲을 빠져나오자 탁 트인 풀밭이 펼쳐지고 흐르는 강물이 보여요. 사람들이 나들이를 즐기고 있네요. 멋진 옷을 차려입은 두 남자와 발가벗은 여자가 풀밭에 앉았어요. 여자의 옷과 모자, 빵과 과일이 한쪽 구석에 아무렇게나 흩어져 있어요. 속옷 차림의 여자가 강물에서 목욕을 해요. 오른쪽 남자가 오른손을 들어 보이며 뭔가 말을 꺼내요. 하지만 둘은 관심이 없어요. 남자는 멍하니 허공을 쳐다보고, 여자는 뚫어져라 우리를 바라보죠. 단란한 나들이를 방해하는 것은 아닐까, 발걸음을 서두르는 편이 좋겠어요.

지금까지 발가벗은 여인이 등장하는 그림을 여러 점 구경한 우리 눈에는 별로 특이할 것 없는 장면이에요. 하지만 이 그림은 심한 조롱을 받았어요. 어떤 비평가는 "사악하며 악마적인 속임수이다."라고 으르렁거렸어요. 〈비너스의 탄생〉, 〈갈라테아〉, 〈파리스의 심판〉, 하다못해 불과 8년 전에 그린 〈화가의 아틀리에〉에도 벌거벗은 여인이 나오는데, 왜 이 그림에만 비난이 쏟아졌을까요? 그것은 이 여인이 신화 속 인물이 아니라, 현실 속 인물인 데다 부끄러운 줄도 모르고 감상자를 빤히 건너다보기 때문이랍니다.

〈피리 부는 소년〉 ┊ 유화 ┊ 161 x 97cm ┊ 1866년 ┊ 파리 오르세 미술관

68 굿바이, 입체감

마네

화가들은 평면에 조각상 같은 입체감을 주기 위해 줄기차게 노력해
왔어요. 그 방법 중 한 가지인 원근법에 대해서는 잘 알고 있을 테고!
자, 〈갈라테아〉, 〈파리스의 심판〉에 등장하는 여인을 보아요.
색깔의 밝고 어두움이 아주 섬세하게 변화하고 있어요. 이것이
입체감을 주기 위한 두 번째 방법이랍니다.
이번에는 앞 장의 〈풀밭 위의 점심〉 속 여인을 보세요. 색깔의 변화가
보이나요? 아니에요, 살구색을 밝고 어두움의 변화 없이 고르게
칠했어요. 이것은 마네가 입체감의 표현이라는 화가의 임무를
버렸다는 뜻이에요. 그림이 평면적이라는 뜻이기도 하고요.
(〈풀밭 위의 점심〉이 비난받은 또 하나의 이유지요.)
서론이 길었지만 어디까지나 이해를 돕기 위함이에요. 그림을 보아요.
피리를 부는 소년이 밝은 배경을 등진 채 우리를 정면으로 응시해요.
(우아, 배경에 그 흔한 벽지도 없어요.) 화가는 손에만 살짝 입체감을
주었을 뿐 검정 재킷과 신발, 빨강 바지, 하양 어깨띠 모두 고르게
색을 칠했어요. 이로써 '카드에 인쇄된 얼굴' 같다는 조롱을 받을
만큼 그림은 입체감의 표현에서 멀어졌지요. 이것은 아주
중요한 변화였답니다.

〈인상, 해돋이〉 ⠿ 유화 ⠿ 48 x 63cm ⠿ 1872년 ⠿ 파리 마르모탕 박물관

인상 그리기(1)

'인상'은 어떤 사물이 마음속에 새겨지는 느낌을 뜻해요. 생각이나
감정을 더하지 않고, 처음 경험을 고스란히 간직하는 것이
특징이지요.

정겨운 새소리에 잠을 깬 화가가 창문을 열고 기지개를 켜요.
바다 저쪽 끝에서 아침 해가 둥실 솟아올라요. 물안개가 자욱이
피어오르는 항구에 잔잔한 물결이 일렁거리고, 붉은 햇살은 바다 위를
줄달음쳐요. 돛배와 항구의 건물들이 희미한 그림자인 양 살살
흔들리는데, 부지런한 어부들은 벌써 초록 바다를 산책하고 돌아오나
봐요. 화가에게는 평생 다시 만나지 못할 아름다운 인상이었어요.
붓이 한바탕 춤을 추더니 이 그림이 탄생했죠. 모네가 아름다운
인상을 잘 기록했나요?

사람들은 화가 났어요. 풍경화에 풍경이 없으니 어이가 없을
수밖에요. 만화 영화를 보는데, 영상이 흐릿해서 알아볼 수 없다면
기분이 어떻겠어요? 더구나 색칠 좀 보세요. 마네가 입체감을
포기하고 쓱쓱 색을 칠했다지만, 모네는 한술 더 떴어요. 붓질
하나하나가 드러날 만큼 거칠기 짝이 없어요. 좋은 말로 자유롭지만,
대충 얼버무린 '인상'을 지울 수 없어요. 그러나 오해 마세요.
싱싱한 인상을 전달하기 위한 최선의 방법이었으니까요.

〈루앙 대성당〉 ⋮ 유화 ⋮ 92.2 x 63cm ⋮ 1893년 ⋮ 파리 오르세 미술관

푸생의 〈오르페우스와 에우리디케가 있는 풍경〉은 우리가 눈으로 보는 자연의 모습 그대로를 그렸을까요? 아니에요. 예를 들어 사람과 나무, 강과 배, 성과 산의 멀고 가까움을 원근법이라는 규칙에 따라 아주 정확하게 배치했어요. 이렇게 화가들은 '생각 담아 그리기'를 해 왔답니다.

이에 반해 인상을 고스란히 잡아내고 싶었던 모네는 '눈에 보이는 대로 그리기'를 시도했어요. 그 노력 중 하나가 한 사물이 선사하는 여러 가지 인상을 각각 다른 캔버스에 담는 것이었답니다. 아침에 보는 놀이터, 점심에 보는 놀이터, 저녁에 보는 놀이터……. 항상 똑같은 인상을 주나요? 아니면 다른 인상을 주나요? 그래요, 항상 다른 인상을 주어요. 왜 그럴까요? 모네는 햇빛의 양과 방향이 변화하기 때문이라고 믿었어요.

그는 루앙 대성당 길 건너편에 작업실을 마련했어요. 아침 햇살에 엷게 빛나는 대성당, 점심 햇살에 흐물흐물 녹아내리는 대성당, 저녁 햇살에 황금빛으로 흔들리는 대성당……. 저마다 다른 대성당의 인상을 하루 중 일정한 시간과 일 년 중 특정한 시기에 따라 '눈에 보이는 대로 그리기'를 통해 서른한 점의 '루앙 대성당'을 완성했지요. 이 그림은 아침의 인상이에요.

〈발레 수업〉 ː 유화 ː 85 x 75cm ː 1873~1876년 ː 파리 오르세 미술관

드가

드가도 모네처럼 '인상 사냥꾼'이기를 바랐어요. 하지만 그가 원하는
그림은 어지럽게 덕지덕지 휘갈겨 놓은 물감 자국이 아니었어요.
정확한 형태와 화려한 색채가 부드럽고 우아하게 펼쳐지는 화면을
그리고 싶었지요.

그가 가장 즐겨 쫓아다니던 '사냥감'은 발레리나의 일상이었어요.
그들이 연습하고, 쉬고, 준비하고, 공연하면서 문득문득 선보이는
'인상 깊은' 동작과 표정과 분위기를 낱낱이 새겨 두었지요.

발레 수업이 한창이에요. 근엄한 선생님이 긴 지휘봉으로 마룻바닥을
두드려 박자를 맞추어 주면서 아이들의 동작을 매섭게 지켜보네요.
교실 뒤쪽에는 아이를 따라온 엄마들도 보여요. 그런데 수업이 시작된
지 꽤 오래되었나 봐요. 피아노 위에 올라앉아 등을 긁고, 살랑살랑
부채질을 하며 딴전을 피우고, 귀고리와 리본과 목걸이를 매만지고,
친구를 끌어안거나 다리를 벌린 채 털썩 주저앉은 아이들을 보아요.
피곤함과 지루함을 드러내는 표정과 동작을 너무나도 자연스레
잘 표현했어요. 마치 공부하기 싫어 몸을 배배 트는 우리 모습 같아요.
오른쪽에서 차례를 기다리며 옷맵시를 고치는 아이도 기다리다 지쳐
심술이 난 게 틀림없어요.

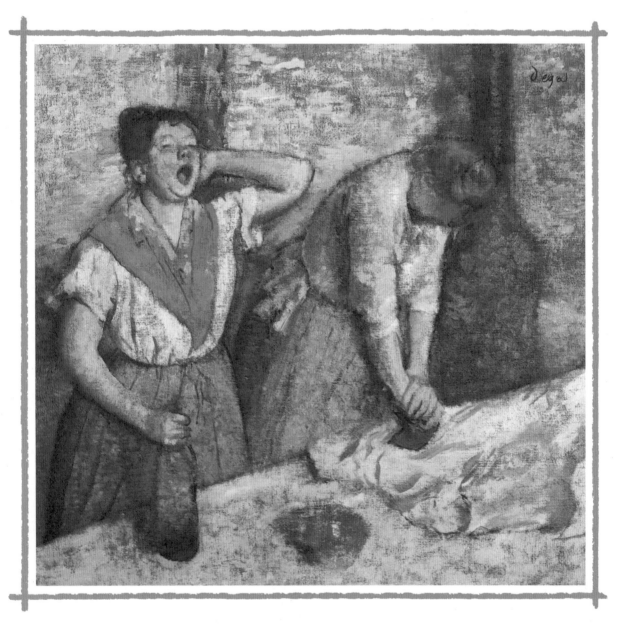

〈다림질하는 여인들〉 : 유화 : 76 x 81.5cm : 1884~1886년 : 파리 오르세 미술관

72 아, 졸려라!

왼쪽 여인이 손으로 목을 받치고 늘어지게 하품을 해요. 눈이 감기고
콧구멍이 벌어졌어요. 오른쪽 여인은 연청색 셔츠를 다려요. 두 손에
체중을 실어 다리미를 꾹 눌러요. 얼마나 힘을 세게 주는지 자라처럼
목이 움츠러들었어요. 뒤에 난로와 연통이 보여요.

요즈음에는 기계가 일손을 덜어 준다지만, 예전에는 모든 일을 사람
손으로 했어요. 다림질도 몹시 힘겨운 일이었어요. 다리미가
더러워지면 큰일이니 언제나 깨끗이 닦아야 했어요. 광이 나도록
사포질을 하고, 녹이 슬지 않게 기름칠도 했어요. 다림질할 때는
적당한 온도로 다리미를 달구는 것이 제일 중요했어요. 잘못했다가는
옷을 홀라당 태워 버릴 테니까요. 따라서 온도를 측정하는 기발한
방법이 생겨난 것은 당연했어요. 예를 들면 침을 뱉거나, 물을
뿜었죠. (하품하는 여인이 쥐고 있는 병에는 물이 들었을 거예요.)
경험이 많은 이들은 볼 가까이 다리미를 대어 보기도 했어요. (위험!)
그림을 보세요. 수증기가 가득한 덥고 습한 세탁실에서 두 여인이
힘겹게 일하고 있어요.

하지만 여인들은 이 순간에도 부드러움과 우아함을 잃지 않고
있죠. 이것이 '드가다움'이랍니다.

〈물랭 드 라 갈레트〉 ∶ 유화 ∶ 131 x 175cm ∶ 1876년 ∶ 파리 오르세 미술관

함께 춤을 추어요

언제가 가장 즐거워요? 친구들하고 놀 때? 엄마, 아빠랑 나들이 갈
때? 잠잘 때? 밥 먹을 때? 엄마, 아빠에게도 물어보아요. 아마
"열심히 일하고 나서 편히 쉴 때."라는 대답이 가장 많을 거예요.
그림은 바로 그 즐거운 순간을 담고 있어요.
그 시절, 파리 사람들은 주말마다 잘 차려입고는 몽마르트르 언덕으로
외출했어요. 그곳 물랭 드 라 갈레트에서 먹고, 마시고, 웃고, 수다를
떨다가 즐겁게 춤추는 것이 대유행이었지요. 일에 지친 피곤한 몸과
마음을 달래기에 안성맞춤이었어요.
어, 화가가 함께 춤을 추자고 손짓하네요. 물랭 드 라 갈레트에는
흥겨운 농담과 경쾌한 음악이 흘러넘쳐요. 자연스럽고 친밀감 넘치는
분위기와 유쾌하고 다정한 등장인물들을 화사하고 감미로운 빛과
밝고 선명한 색채로 근사하게 표현했어요. 바로 르누아르의 장기지요.
사람들 얼굴과 옷에 점점이 떨어지는 햇살 좀 보아요. 가로수 길을
걸어갈 때 이파리 사이로 쏟아지는 빛 조각들이 춤을 추듯 반짝이며
온몸을 간질이는 기억이 떠오르죠? 참 행복한 한때예요.
르누아르는 모네가 그랬듯이 한순간의 인상을 카메라에 찰칵!
담아 영원한 이미지로 바꾸어 놓았답니다.

〈뱃놀이 일행의 점심 식사〉 ⋮ 유화 ⋮ 130.2 x 175.6cm ⋮ 1880~1881년 ⋮ 워싱턴 필립스 컬렉션

74

나 찾아봐라!

센 강에 떠 있는 샤토 섬의 메종 푸르네즈 식당에 르누아르와 친구들이
모였어요. 보트를 빌려 뱃놀이를 하고, 발코니에 차린 식탁에
둘러앉아 점심 식사를 하며 이야기꽃을 피우고 있어요. 주황색 줄무늬
차양 아래로 눈부신 햇빛이 쏟아져 들어와요. 햇빛이 밀짚모자를 쓰고
난간에 기대선 사내와 역시 밀짚모자를 쓰고 의자에 거꾸로 앉은
사내의 흰색 셔츠 그리고 흰색 식탁보에 반사되고 있어요. 그 때문에
사람들 얼굴과 옷이 한층 화사해 보이죠. 그만큼 분위기도 한껏
달아올랐고요. 그림은 르누아르가 우리에게 띄운 그림엽서예요.
보세요! "행복하게 살아요!"라고 쓰여 있지 않아요?
여기서 깜짝 퀴즈!
화가는 그림에 알린 샤리고를 등장시켰어요. 그가 사랑하는 여인,
훗날 아내가 될 사람이지요. 누굴까요?

힌트 1 짙은 파랑 드레스가 포도주 빛깔과 조화를 이룬다.

힌트 2 주황과 빨강 꽃 장식이 흰 셔츠와 강한 대비를 이룬다.

힌트 3 "내 애인에게 접근하지 말 것."이라는 경고인 양 다른 이들과
떨어져 있다.

답 왼쪽 아래 식탁에 앉아 강아지를 어르는 여인.

〈해변에서 노는 아이들〉 : 유화 : 97.4 x 74.2cm : 1884년 : 워싱턴 국립 미술관

엄마의 선택

바닷가 모래밭은 신 나는 놀이터. 뽀드득 발소리를 내면, 바닷새들이
끼룩끼룩 인사를 해요. 햇빛에 반짝이는 조가비를 줍다가 하얗게
밀려오는 파도랑 씨름을 해요. 두 다리를 쭉 뻗고 물 젖은 모래밭에
탈싹 주저앉아요. 움푹움푹 구멍을 내고, 토닥토닥 벽돌을 만들고,
차곡차곡 성을 쌓아요.

엄마가 사진을 찍는대요. 어떻게 해야 자연스러운 표정과
동작을 담을까요?

❶ 모래 장난에 정신이 팔려 사진 찍는 줄도 모르는 사이에 찍는다.

❷ "얘들아, 사진 찍자. 여기 봐, 움직이지 말고! 웃어! 김치! 하나 둘
셋!" 하면서 찍는다.

이제 그림을 보면서, 솜씨 좋은 엄마 '사진작가'가 어떤 선택을 할지
골라 보세요. 파란 바닷물이 찰랑거리는 조용한 바닷가, 두 아이가
모래를 가지고 놀아요. 장난감 삽으로 모래를 떠서 장난감 양동이에
담는 아이 좀 보아요. 볼과 팔이 깨물어 주고 싶을 만큼 오동통해요.
아이들은 누가 보는 줄도 모른 채 장난에 푹 빠져 있어요. 말할 수
없이 편안하고 느긋해요. 하나 더! 수평선이 아주 높아요. 화가의
눈높이가 우리 옆에서 사진을 찍는 엄마의 눈높이와 같아 보여요.

〈비 오는 파리 거리〉 ⋮ 유화 ⋮ 212.2 x 276.2cm ⋮ 1877년 ⋮ 시카고 아트 인스티튜트

76 비가 오는 날에는

부슬부슬 비가 내려요. 회색 구름이 하늘을 온통 뒤덮어 그늘진
도시는 우울한 회청색을 띠었어요. 돌이 깔린 길바닥은 빗물에
번들거리고, 길게 뻗은 건물들은 하염없이 비에 젖어요.
거리는 까닭 모를 쓸쓸함에 잠겼어요. 이럴 때는 걷는 게 최고죠.
가장 먼저 반기는 것은 온갖 소리예요. 토도독 토도독 빗물 떨어지는
소리, 또각또각 구두 소리, 덜거덩 덜거덩 마차 바퀴 소리……. 문득
정신을 차리고 두리번거려요. 최신 유행에 맞추어 말쑥이 차려입은
파리 사람들이 거리를 거닐어요. 덩치 큰 아저씨가 스쳐 지나가요.
팔짱을 끼고 지나가는 한 쌍의 남녀와 마주치자, 우산을 슬쩍
비꼈어요. 실크해트를 쓰고 나비넥타이를 맨 아저씨와 베일로 얼굴을
가린 아줌마예요. 아줌마의 앵두 입술보다 반짝이는 귀고리가 먼저
시선을 끌어요. 초록 가로등이 보이고, 빗물에 비친 그림자가 파르르
떨려요. 사방에서 모여드는 길이 한데 만나는 교차로는 광장인 양
널찍해요. 버섯 같은 우산이 둥둥 떠다니며 리듬감을 주어요. 이렇게
소리와 사람들과 우산의 리듬감 그리고 가로등과 건물의
초록과 적갈색이 거리에 활기를 불어넣어요. 말방울 소리가
딸랑딸랑 들려와요. 내친김에 마차를 집어타고 루브르 박물관으로
가자고요.

〈해바라기〉 ⦂ 유화 ⦂ 92 x 73cm ⦂ 1888년 ⦂ 뮌헨 노이에 피나코텍

노란 합창 77

고흐는 빚에 쪼들려 힘겨워하는 고갱을 돕고 싶었어요. 그래서 프랑스 남쪽 마을 아를로 그를 초대했죠. 고갱이 초대를 받아들였어요.
고흐는 기대감에 부풀어 가슴이 쿵쿵 뛰었어요. 그를 즐겁게 해 주려고 침실을 장식할 그림을 그렸어요. 〈해바라기〉지요.
왜 하필 해바라기였을까요? 다음 글을 읽고 스스로 답해 보아요.
고흐는 '눈에 보이는 인상'을 좇는 모네, 드가, 르누아르와 생각이 달랐어요. 마음속에서 우러나오는 감정, '마음속 풍경'을 그리고 싶었어요. 엄마 얼굴을 보아요. 눈, 코, 입, 귀, 이마……
쓱 스치는 순간의 인상 말고 뭐 다른 것 없나요? 그래요, 내 마음속에 깊이 자리 잡은 사랑이 있어요. 엄마에게서 나에 대한 사랑을 느껴요.
바로 고흐가 붙잡고자 했던 '마음속 풍경', 즉 감정이지요.
또 고흐는 색깔이 감정을 잘 전달해 주며, 색깔을 과장해야 그림 속에 감정을 듬뿍 담을 수 있다고 믿었어요. (예를 들어 노란색은 희망과 사랑과 생명을, 빨간색은 열정을, 초록색은 갈등과 다툼을, 파란색은 영원을, 회색은 굴복의 느낌을 갖고 있지요.)
고흐와 고갱의 공동생활은 안타깝게도 오래가지 못했어요. 비극으로 끝났지요. 엄마, 아빠에게 그 이야기를 해 달라고 부탁해 보세요, 꼭!

〈별이 빛나는 밤〉 ⋮ 유화 ⋮ 73.7 x 92.1cm ⋮ 1889년 ⋮ 뉴욕 현대 미술관

고흐
희망의 메시지

투명한 밤하늘에 구름이 파도가 되어 굽이쳐요. 노랗고 하얀 별들이
송송히 뜨고, 노랗고 가느다란 그믐달은 서산 너머로 부랴부랴 길을
재촉해요. 산등성은 별빛을 받아 희뿌옇게 달아오르고, 올리브나무
우거진 산기슭에는 집들이 옹기종기 모여 있어요. 노란 불빛이
창밖으로 스며 나와 밤길을 밝히고, 삼나무는 힘차게 가지를
뻗었어요.

마음의 병 때문에 고흐는 요양원에 입원했어요. 창문으로 보았던
밤 풍경을 기억을 더듬어 그렸지요. 그러려면 상상력을 좀 덧붙일
수도 있었겠지만, 아무래도 이상해요. 파랑과 노랑으로 넘쳐 나는
것은 각각 영원과 희망을 상징한다는 것쯤은 짐작할 수
있어요. 하지만 달, 별, 구름, 나무의 모양이 다 희한해요. 그믐달은
태양처럼 활활 타오르고, 별은 폭발할 것처럼 맹렬히 빛을 내뿜고,
구름은 거대한 소용돌이를 일으키며 꿈틀대는데, 삼나무는 밤하늘을
향해 간절한 손짓을 보내요.

웬일이지요? 그것은 고흐가 생생한 감정을 전하려면, 색깔만이
아니라 형태도 과장해야 한다고 믿었기 때문이에요. 이제 우리는
고흐가 영원한 우주의 에너지로 가득한 밤하늘처럼 자신도 건강을
되찾고 싶다는 간절한 소망을 그림에 담았음을 알 수 있어요.

〈설교 후의 환영〉 ┇ 유화 ┇ 73 x 92cm ┇ 1888년 ┇ 에든버러 스코틀랜드 국립 미술관

천자와 씨름하는 야곱

성경에는 '천사와 씨름한 야곱'의 이야기가 있어요. 야곱이 기도를 하는데, 하늘에서 천사가 내려왔어요. 야곱과 천사는 한판 씨름을 벌였어요. 밀고 밀리는 치열한 싸움이 계속되었어요. 밤새도록 승부가 나지 않았지요. 천사가 야곱의 엉덩이뼈를 때려 다리뼈가 빠졌어요. 하지만 야곱은 다리를 절룩이면서도 포기하지 않았어요. 천사가 놓아 달라고 애걸해도 고집불통이었죠. 천사는 야곱에게 축복을 베풀어 주고 나서야 간신히 풀려날 수 있었답니다.

검은 옷에 흰 모자를 쓴 여인들이 눈을 감고 두 손을 모았어요. 사제에게 '천사와 씨름한 야곱'의 이야기를 듣고, 마음속으로 기도하지요. 나무가 대각선을 이루며 화면을 둘로 갈랐어요. 그 너머에서는 여인들의 상상 속에서 펼쳐진 천사와 야곱의 씨름이 한창이에요. 현실 속에서는 절대 있을 수 없는 장면이지요. 진짜 세계의 여인들과 성경에 나오는 인물이 같은 공간에 등장하니까요. 이것은 순박한 시골 여인들의 참된 신앙을 강조하기 위한 고갱의 새로운 시도였답니다. 여기서 중요한 것! 눈에 보이지 않는 신앙을 눈에 보이는 풍경으로 바꾸어 표현했으니, 그림 자체가 상징이군요. 이처럼 고갱은 그림이 진짜 세계가 아니라 생각, 감정, 상상을 담아내야 한다고 믿었답니다.

〈이아 오라나 마리아(마리아에게 하는 기도)〉 ː 유화 ː 113.7 x 87.6cm ː 1891년 ː 뉴욕 메트로폴리탄 미술관

80 고갱
내 마음 갈 곳을 잃어

고갱은 씩씩했어요. 열일곱에 선원이 되어 대양을 누볐고, 스물셋에는 증권 중개인이 되었어요. 스물다섯에는 장가를 들고, 이후 아이를 넷 낳았죠. 서른다섯에 위기가 닥쳤어요. 일자리를 잃었거든요. 이때 고갱은 화가가 되기로 굳게 결심했어요. 하지만 아무도 그림을 사 주지 않았어요. 결국 가족마저 등을 돌리고, 가난과 고독만이 주변을 맴돌았지요. 그래도 포기하지 않았어요. 오히려 색다른 경험을 통해 생각의 폭을 넓히려고 탈출을 시도했어요. 서양 문명에 오염되지 않은 남태평양의 타히티 섬이 그 목적지였답니다. 거무칙칙한 산줄기와 열대의 나무, 자줏빛 길과 초록색 풀밭, 바나나 무더기 그리고 가무잡잡한 피부, 뭉툭한 코, 두툼한 입술의 타히티 여인들이 꽃무늬가 예쁜 천을 허리에 두르고 맨발로 등장해요. 어라, 왼쪽에 날개 달린 천사가 있네요. 또 오른쪽 여인과 아기 머리에는 마리아와 예수를 가리키는 둥그런 후광을 그려 넣었어요. 천사가 두 손을 모은 여인 둘에게 마리아와 예수를 소개하는군요. 그리스도교를 알지 못하는 타히티 사람들에게 그 신앙을 소개한다는 상징이겠지요. 그런데 이상해요. 서양 문명이 싫어 훌쩍 떠나온 화가가 그리스도교를 전파하고 싶어 하다니요. 애고, 가여워라. 방황이 아직 끝나지 않았나 봐요.

〈물랭 루주에서의 춤〉 ⋮ 유화 ⋮ 115.6 x 149.9cm ⋮ 1890년 ⋮ 필라델피아 필라델피아 미술관

화가의 미끼 81

로트레크가 물랭 루주 한구석에 앉아 사람들을 관찰해요. 우뚝한 빨강 풍차가 눈길을 끄는 그곳에서 사람들은 춤추고 떠들면서 흥겨운 한때를 보내요. 어수선한 음악 소리, 왁자지껄한 웃음소리, 어지러운 그림자 사이에서 번쩍번쩍 표정과 동작이 솟아올라요. 매처럼 날카로운 화가의 눈에 기쁨이 번득여요. 손끝에서 부드러운 선이 흘러나와요.

북어처럼 비쩍 마른 신사가 허리춤에 양손을 붙이고 다리를 쭉 뻗어요. 갈색 드레스를 입은 아가씨가 다리를 들어 올리며 솜씨를 뽐내요. 그림자가 마룻바닥에 출렁거려요. 짙은 색 외투와 실크해트의 신사들이 이들을 지켜보네요. 검정 망토를 넓게 펼친 아줌마도 있어요. 그들 뒤에 긴 테이블이 희끗거려요. 종업원이 손님들에게 술을 대접해요. 샹들리에에서 녹아내리는 불빛이 창밖에 선 나무를 비추고요. 갑자기 분홍색 드레스가 나타났어요. 깃털 장식 모자를 쓴 아가씨가 다소곳이 눈을 내리깔고 화가 앞을 지나가요. 아름다워요. 그림이 눈을 확 사로잡나요? 춤꾼들과 어울리고 싶나요? 로트레크가 교묘하게 마련해 놓은 두 가지 '미끼'가 제 몫을 했군요. 춤꾼들 주변의 빈 공간과 분홍 드레스, 빨강 스타킹, 빨강 재킷과 주황 머리카락으로 이어지는 대각선이 우리를 끌어들이기 때문이랍니다.

〈그랑드 자트 섬의 일요일 오후〉 ┆ 유화 ┆ 207.5 x 308.1cm ┆ 1884~1886년 ┆ 시카고 아트 인스티튜트

82 화가와 과학자

쇠라가 노트를 펼쳤어요. 색에 관한 생각을 정리해 두었군요.

생각 1 가까이 놓인 색들은 서로 영향을 주고받아서 변화되어 보인다. 예를 들어 파란색과 노란색을 나란히 칠하면 두 색 모두 더 뚜렷하다. (고흐의 〈별이 빛나는 밤〉을 보라!)

생각 2 A색과 B색을 나란히 놓으면 C색으로 보이는데, 이때 C색은 A색과 B색을 직접 섞었을 때 나오는 C색보다 훨씬 선명하다.

쇠라는 한참 끙끙 앓더니 자신의 생각을 결론지었어요.

쇠라의 결론 물감을 팔레트에서 혼합한 다음 캔버스에 칠하는 대신 빨강, 파랑, 노랑 같은 색깔 하나하나를 작은 색점으로 찍어 그림을 그린다. 그러면 색들은 서로 섞여 탁해지지 않고, 감상자의 눈 속에서 빛으로 혼합되어 더욱 찬란한 색을 얻을 수 있다.

쇠라가 무수한 색점을 찍어 완성한 그림을 보아요. 부드러운 바람이 살랑거리는 푸른 강물, 따뜻한 햇살이 내리비치는 푹신한 풀밭, 느긋한 일요일 오후를 즐기는 사람들. 화면 가득 다양한 색채가 쉼 없이 은은하게 변화하면서 생기 넘치는 부드러운 빛을 내고 있어요. 그러나 아쉽게도 쇠라의 생각대로 쓱쓱 붓질을 하거나 팔레트에서 섞을 때보다 더욱 찬란한 색을 얻은 것 같지는 않네요.

〈서커스〉 ∶ 유화 ∶ 185 x 152cm ∶ 1890~1891년 ∶ 파리 오르세 미술관

구경 가요, 서커스!

〈서커스〉는 〈그랑드 자트 섬의 일요일 오후〉와 썩 다른 느낌이에요.
직접 비교해 보고, 그림을 감상한 뒤 스스로 체크해 보세요.

〈서커스〉	〈그랑드 자트 섬의 일요일 오후〉
엄숙함 / 경쾌함	엄숙함 / 경쾌함
정지 / 운동	정지 / 운동
고요함 / 떠들썩	고요함 / 떠들썩
그림 같은 인물 / 만화 같은 인물	그림 같은 인물 / 만화 같은 인물

얼굴을 하얗게 분칠한 빨간 옷의 광대가 커튼을 열어젖혀요. "히힝!"
흰말이 달리고, 노란 옷의 여자 곡예사가 그 말 위에서 공중 묘기를
선보여요. 노란 옷의 남자 곡예사는 그 뒤에서 팔짝팔짝 땅재주를
넘어요. "휙!" 채찍 소리가 날카로워요. 콧수염이 익살스러운 적갈색
양복을 입은 사람이 공연장 바닥에 채찍을 갈겨요. 사람들은 손에
땀을 쥐고 구경해요. 그러다 묘기가 성공하면 박수를 쳐요. 공연장이
뜨겁게 달아올랐네요. 쇠라는 그 느낌을 강조하기 위해 선을
이용했어요. 무대와 관객석을 구분하는 빨간 가로대가 부드러운
곡선을 이루고 있어요. 그 위 관객석에서는 빨간 수평선이 반복되며
리듬을 타요. 노란 곡예사들, 하얀 채찍, 커튼, 흰말의 윤곽선은
꿈틀대는 곡선이에요. 모두 경쾌한 분위기를 더욱 돋우어 주어요.

〈생빅투아르 산〉 ┊ 유화 ┊ 65.4 x 81.6cm ┊ 1882~1885년 ┊ 뉴욕 메트로폴리탄 미술관

84 푸생과 모네 뒤섞기

세잔은 푸생을 존경했어요. 조화롭고 질서 잡힌 화면 속에서 모든
사물이 명확한 형태를 지니고 제자리를 잡았기 때문이에요. 물론
불만이 아예 없지는 않았어요. 푸생은 원근법을 사용하고, 색깔의
밝고 어두움을 섬세하게 변화시키면서 사물의 입체감을 표현하는
'생각 담아 그리기'를 했죠. 더구나 입체감을 표현하려면 검은색을
사용해야 하는데, 그러면 색채는 실제 자연과 달리 선명함을 잃고
칙칙해지게 마련이지요. 그래서 세잔은 모네처럼 '눈에 보이는 그대로'
그리고 싶었어요.

하지만 모네도 썩 만족스럽지는 않았어요. 〈루앙 대성당〉을 좀
보아요. '눈에 보이는 그대로'의 인상을 그리는 데는 성공했지만,
조화롭고 질서 잡힌 화면과 명확한 형태는 사라져 버렸어요. 한마디로
어지러워요. 또 색채는 선명함을 간직하고 있지만, 사물의 입체감이나
멀고 가까움은 눈을 씻고 보아도 전혀 찾을 수가 없어요.

불만이 가득한 세잔은 둘의 장점을 결합해 자신만의 그림을 창조하고
싶었어요. 밝고 선명한 색채를 자랑하는 자연을 있는 그대로
그리면서도 조화와 질서 그리고 명확한 형태를 잃지 않는
그림 말이에요. 세잔의 그림을 보아요. 어때요, 욕심쟁이 세잔이
성공한 것 같나요?

〈병과 사과 바구니가 있는 정물〉 ⋮ 유화 ⋮ 65 x 80cm ⋮ 1893년 ⋮ 시카고 아트 인스티튜트

이상해요? 푸생과 모네를 뒤섞어 맛있는 '짬뽕'을 개발한 사람의
작품이라는 것이 믿기지 않아요. 받침대에 걸쳐 놓은 바구니,
볼품없는 사과, 알루미늄 포일처럼 꾸깃꾸깃한 식탁보, 기우뚱한
술병, 기울어진 식탁. 어라, 식탁 왼쪽과 오른쪽의 기울어진 정도도
달라요. 게다가 책상 모서리는 일직선을 이루지도 않아요. 차곡차곡
쌓아 놓은 빵은 또 어떤지요. 아래쪽은 옆에서 본 모습이고, 위쪽은
위에서 본 모습이에요. 이게 웬일이람? 혹시 눈에 이상이?
아니, 그렇지 않아요. 세잔은 정말 성실한 화가였어요. '짬뽕'에다
새로운 수프를 첨가하는 실험을 거듭했지요. 우리가 세상을 보는
방식을 생각해 보세요. 첫째, 우리는 사진처럼 한 장씩 끊기는
세상이 아니라, 만화 영화처럼 멈추지 않고 이어지는 세상을 보죠.
둘째, 우리는 한 가지 시점이 아니라, 여러 시점에서 세상을 보죠.
책상을 볼 때도 마찬가지예요. 앉아서 보고, 일어서서 보고, 걸으면서
보고······. 셋째, 우리는 어떤 한 순간, 어떤 한 시점에서 보는 책상의
인상만 가지고 있지 않아요. 언제라도 끄집어낼 수 있는 다양한
기억이 머릿속에 저장되어 있죠.
이제 세잔의 그림과 느긋하게 대화를 나누어 보세요. 그가 세상 보는
방식을 잘 표현했나요?

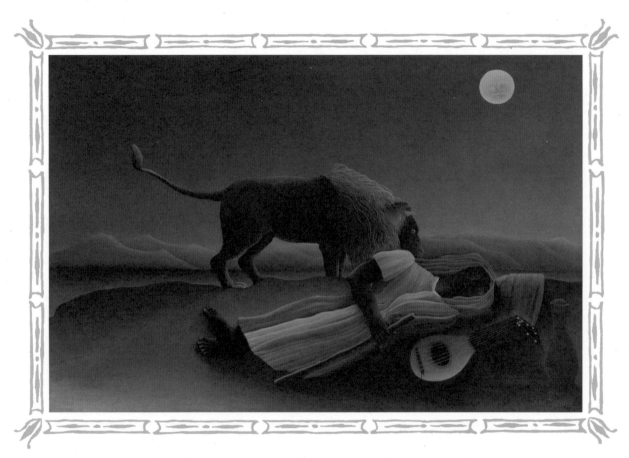

〈잠자는 집시〉 ː 유화 ː 129.5 x 200.7cm ː 1897년 ː 뉴욕 현대 미술관

86 사자 꿈은 어떨대?

메마른 사막에 온종일 뜨거운 햇볕이 쏟아졌어요. 외로운 만돌린
연주자는 몸을 잔뜩 웅크린 채 타닥타닥 발걸음을 옮겼어요. 입술은
바짝 말라 갈라지고, 발바닥은 지글지글 타들어 갔어요. '끝이구나!'
희망이 사라지려는데, 밤이 내렸어요. 보름달이 휘영청 떠오르고,
수줍은 별도 하나둘 불을 밝혀요. 아가씨는 차갑게 식은 모래 바닥에
무지갯빛 담요를 폈어요. 그리고 검은 피부를 부드럽게 감싸는,
분홍빛 머릿수건과 무지갯빛 외투를 입은 채 담요에 누웠어요.
만돌린과 꽃병이 가지런히 놓여 있고, 지팡이는 손에 꼭
움켜쥐었네요. 보름달이 살살 한 걸음 옮겨 갔을까요? 아가씨는
눈썹을 파르르 떨며, 이를 꽉 깨물었어요. 시퍼런 사막이 강물이 되어
흐르고, 연보라 모래 언덕이 파도가 되어 넘실대고 있어요.
그때 사박사박 모래알 밟히는 소리가 들렸어요. 사자예요! 갈기를
휘날리고, 꼬리를 흔들면서 사자가 아가씨를 살펴요. 새하얀 달빛이
은구슬이 되어 흐르는 이 밤, 어떤 운명이 아가씨를 기다리고
있을까요? 어쩜 그림은 한바탕 꿈이 아닐까요?
루소는 명확한 윤곽선과 밝고 강렬한 색채로 어린아이 같은
유쾌한 상상의 세계를 그렸어요. 이로써 우리가 좋아하는 그림
동화나 만화 같은 작품이 탄생했지요.

〈환영〉 ⋮ 유화 ⋮ 142 x 103cm ⋮ 1876년 ⋮ 파리 귀스타브 모로 미술관

여자를 화나게 하지 마라 87

프란체스카의 〈그리스도의 세례〉에 등장했던 요한을 기억하나요?
요한은 사람들에게 바르게 살라고 가르쳤어요. 그를 따르는
사람이 늘어나자, 이스라엘 임금 헤로데스 안티파스는 가시방석에
앉은 기분이었어요. 그래서 요한을 감옥에 가두었지요.
성경에 나오는 요한 이야기는 다음과 같아요. 임금이 배다른 형제의
아내 헤로디아스를 왕비로 맞았어요. 감옥에 갇히기 전 요한은 거듭
왕의 잘못을 꼬집었어요. "여자가 한을 품으면 오뉴월에도 서리가
내린다."라는 속담 알지요? 헤로디아스는 이때 일로 부드득 이를
갈았어요. 임금의 생일날, 손님들 떠드는 소리에 궁전이
흥청거렸어요. 헤로디아스가 전남편과 낳은 딸 살로메가 춤을
추었어요. 손님들이 손뼉을 치며 좋아하자 임금이 말했지요.
"무엇이든 원하는 것을 주겠노라. 어서 말해 보아라."
살로메는 헤로디아스와 귓속말을 주고받은 다음 입을 열었어요.
"요한의 머리를 쟁반에 담아 주세요."
임금은 마음에 썩 내키지 않았지만 무엇이든 들어주겠다고 했으니
어쩔 수 없었죠. 그림을 보아요. 화려한 보석을 온몸에 감은 살로메가
손을 뻗은 곳에 요한의 머리가 후광을 내뿜으며 허공에 떠 있어요.
살로메 뒤에는 진짜 살인범 헤로디아스가 무덤덤하게 앉았군요.

〈**절규**〉 ⋮ 유화, 파스텔화, 템페라화 ⋮ 83.5 x 66cm ⋮ 1910년 ⋮ 오슬로 국립 미술관

88 ^{뭉크} 엄마야, 사람 살려!

엄마, 아빠가 등 뒤에 감췄던 손을 내밀어요. 어머, 몇 달 전부터
조르던 인형이에요! 그 기분을 그려 보아요. 그냥 꾸벅 "고맙습니다."
하면 치, 싱거워요. 풀쩍풀쩍 뛰고, "야호!" 탄성을 지르고, 와락
엄마와 아빠를 끌어안아요. 이때 구름 위로 솟아오르거나, 아파트가
들썩하거나, 하트가 퐁퐁 솟아오르면 어떨까요?

이렇게 동작, 형태, 표정을 변형하거나 과장하면 기쁨의
감정이 한층 잘 드러날 거예요. 이것이 괴상한 뭉크의 그림을
감상하는 방법이랍니다.

뭉크와 친구들이 바닷가 산책로를 걸어요. 서쪽 하늘이 노을에 붉게
물들고, 파랑에서 노랑으로 물결치는 바다에는 두둥실 조각배가
떴어요. 소금기를 머금은 바람을 맞으며 난간에 몸을 기대요.
친구들은 저만큼 앞서 가요. 그때 얼굴이 일그러져요. 알 수 없는
피로감이 온몸을 휘감아요. 검푸른 바다 끝에서 핏빛으로 불타오르는
불꽃이 악마의 혓바닥처럼 꿈틀거려요. 두려움이 밀려와요. 사방이
귀를 찢는 비명 소리로 가득 차요. 심장이 얼어붙어요. 뭉크가
비칠비칠 몸을 일으켜 두 손으로 해골 같은 머리를 감싸 안고,
절규(애타는 울부짖음)해요. 하늘도, 바다도 마구 소용돌이쳐요.
화가의 감정을 드러내는 상징이지요. 두려움이 잘 표현되었나요?

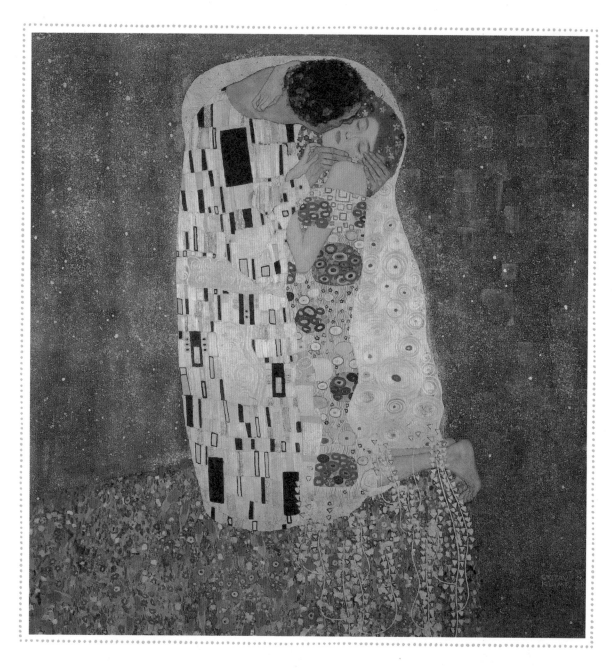

〈입맞춤〉 ┊ 유화 ┊ 180 x 180cm ┊ 1907~1908년 ┊ 빈 벨베데레 오스트리아 갤러리

내 그림은 말이 없소 89

티에폴로의 〈아폴론과 다프네〉를 기억하나요? 이루어질 수 없는
짝사랑의 슬픈 결말을 보여 주었지요. 여기 같은 주제를 다룬
또 한 점의 그림이 있어요. 검은 머리에 포도 덩굴 관을 쓴 거무칙칙한
아폴론이 붉은 머리를 꽃송이로 장식한 연약한 다프네를 억센 손으로
감쌌어요. 아폴론이 입을 맞추려 해요. 하지만 다프네는 희망마저
산산이 부서진 표정으로 고개를 돌려요.

두 그림을 비교해 보면 150여 년의 세월이 흘렀다지만, 달라도 너무
달라요. 무엇보다 티에폴로의 그림은 동화 속 예쁜 삽화처럼 많은
이야기를 들려주지요. 이에 비해 클림트의 그림은 '조용히' 버튼을
누른 텔레비전 같아요. 하지만 입을 꾹 다문 화면에도 영상은
흐르죠. 보세요. 오색찬란한 무늬를!

황금빛 배경에 초록색 네모와 노란색 네모가 경계를 이루고 있어요.
초록색 네모에는 노랑, 자주, 보라 따위의 영롱한 꽃무늬가 풍성해요.
황금색 네모에는 하얀색, 은색, 검은색 네모, 초록색 큰 원에
둘러싸인 빨갛고 파란 작은 원, 파문을 그리는 동심원이 가득하고,
거기에서 담쟁이덩굴처럼 황금 삼각형이 흘러내려요. 화려한 레이저
쇼의 짜릿함이 느껴져요. 그래요, 클림트는 이야기가 아니라 장식품의
아름다움을 표현했답니다.

〈붉은색의 조화〉 ∶ 유화 ∶ 180.5 x 221cm ∶ 1908년 ∶ 상트페테르부르크 국립 에르미타주 미술관

90 배고프게 만드는 그림?

우리는 색이 감정을 드러내거나 불러일으킨다는 사실을 이미 알고
있어요. 고흐의 노란 해바라기가 희망과 생명의 상징인 것처럼
말이에요. 여기서 한 걸음 더 나아가 색을 더욱 강렬하고
대담하게, 때로는 진짜 사물의 색과 관계없이 사용하면
어떨까요? 분홍색 하늘, 파란색 나무, 노란색 시냇물을 그려 보는
거예요. 감정이 더욱 생생해질 테지요. 이 점이 마티스의 그림을
이해하는 열쇠랍니다.

창문 너머 풀밭과 나무, 집과 하늘이 보여요. 나머지는 방 안이에요.
빨간색 식탁보를 덮은 식탁과 빨간색 벽지를 바른 벽. 식탁보와
벽지에는 같은 무늬가 새겨져 있어 둘을 분간하기조차 어려워요.
오른쪽에는 검은색 윗옷에 흰 치마를 입은 여인이 상을 차리고,
그 뒤와 왼쪽에는 고동색 나무 의자가 놓여 있어요. 빨갛고 노란 과일,
꽃, 포도주, 의자 받침……. 군데군데 숨 돌릴 곳이 있다지만 그림은
온통 빨간색으로 흘러넘쳐요. 창밖의 풍경을 빼고는 입체감이나 멀고
가까움이 전혀 드러나지 않아, 그림은 숫제 싸구려 벽지 같아요.
하지만 마티스는 태연해요. 그의 목표는 현실 세계와 똑같이 그리는
것이 아니라, 식욕이라는 감정을 불러일으키는 것이기 때문이지요.
그림은 원래 식당 벽을 장식하기 위해 제작했거든요.

〈춤 II〉 ⋮ 유화 ⋮ 260 x 391cm ⋮ 1909~1910년 ⋮ 상트페테르부르크 국립 에르미타주 미술관

자연과 하나 되기 91

인류는 오랫동안 과학 기술 문명을 발달시켜 생활 수준을 높여
왔어요. 그 결과 많은 사람이 잘 먹고 잘 살게 되었지만 대가 또한
컸어요. 사람들이 이익만 챙기는 통에 자연이 마구 파괴된 거예요.
그래서 실제로는 자연의 사랑과 보호를 받아야 할 사람들이 거꾸로
'자연 사랑'과 '환경 보호'를 외치는 지경이 되었지요.
옛날 사람들은 달랐어요. 자연과 더불어 사는 지혜를 가졌어요.
자연을 존중하고 두려워할 줄 알며, 겸손한 마음으로 자연에
의지했지요. 춤에도 이런 마음을 담았어요. 사냥이 잘되고 풍년이
들기를, 겨울이 지나고 봄이 오기를, 비가 내리고 튼튼한 아이가
탄생하기를……. 그리고 춤을 출 때에는 자연과 감정을 나누기 위해
혼신의 힘을 다 바쳤어요. 하늘과 땅과 사람이 하나 되는 것과 다르지
않았지요.
마티스가 그림에 담아낸 것이 바로 이 '하나 되기'랍니다. 초록 언덕
위에서 다섯 사람이 둥글게 둥글게 춤을 추어요. 어디선가 두리둥둥
북소리가 울려 퍼지고, 사람들은 손을 잡고 어깨를 으쓱거리며
다가섰다 물러섰다 덩실덩실 신바람에 취했어요. 빨갛게 달아오른
몸이 뜨거운 열정과 간절한 소망을 말해 주어요. 이에 화답하듯 파란
하늘이 이들을 감싸고, 초록 대지는 춤사위에 맞추어 쿨렁거려요.

〈게르니카〉 ┊ 유화 ┊ 349.3 x 776.6cm ┊ 1937년 ┊ 마드리드 레이나 소피아 국립 미술관

92 분노를 표현하는 방법

에스파냐는 전쟁의 소용돌이에 휘말렸어요.
1937년 4월, 폭격기가 게르니카 마을을 무차별
폭격했어요. 화가는 붓을 들었어요. 솟구치는 분노를
전 세계 사람들과 함께 나누고 싶었어요.
사물을 보이는 대로 진짜처럼 그리기보다, 단순화하고
과장하고 변형시킨 것은 희생자들의 고통과
분노의 감정 그리고 전쟁 반대의 목소리를
강조하기 위해서예요.
왼쪽부터 그림을 보아요. 어린아이의 시체를 안고
목메어 우는 여인, 파괴와 폭력을 상징하는 황소,
창에 찔려 울부짖는 말, 말 아래 뒹구는 병사의 시체,
폭격을 상징하는 전구, 처참한 광경에 놀란 두 여인
(한 여인은 창문으로 얼굴을 내밀고, 다른 여인은
허우적거리며 달려 나와요.), 불길에 휩싸여
절망적으로 팔을 뻗은 여인. 화면 가득 폭력과 고통이
흘러넘쳐요. 하지만 희망도 보여요. 병사의 부러진
칼에서 피어난 꽃과 창밖으로 얼굴을 내민 여인의 손에
들린 램프가 바로 그것이에요.

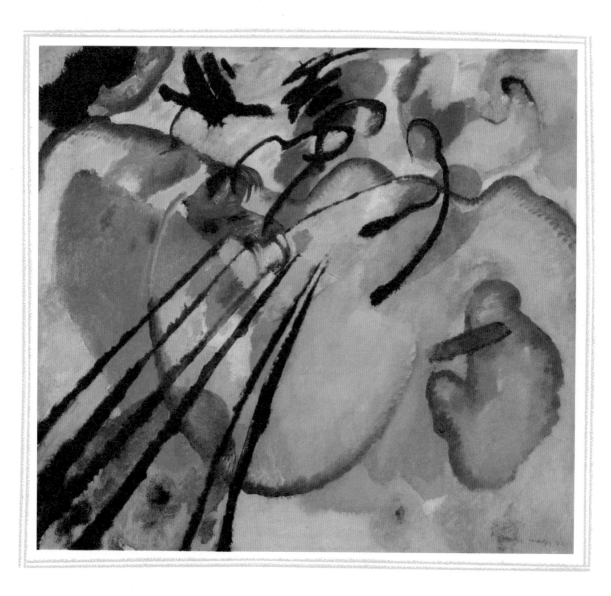

〈즉흥 26〉 ⋮ 유화 ⋮ 97 x 107.5cm ⋮ 1912년 ⋮ 뮌헨 렌바흐 하우스 미술관

색깔 교향곡 93

"색채로 음악을 연주하는 것, 그것이 나의 꿈이었어."
고흐의 말이에요. 그는 다양한 색채를 음표로 어떻게 나타낼까
고민했지요. 칸딘스키도 비슷한 말을 했어요.
"색채는 영혼에 직접 영향을 주는 힘이다. 색채는 건반이고, 눈은
피아노 해머이며, 영혼은 피아노 현이다. 미술가는 건반을 두드려
영혼에 떨림을 일으키기 위해 연주하는 손이다."
악보에 기록된 음표를 연주하는 피아노 연주자처럼 화가는
캔버스에 색을 칠해 사람들에게 감동을 준다는 뜻이에요.
빨강, 파랑, 초록, 노랑, 검정, 하양 색깔의 나무 블록으로 집과
우주선과 기차를 만들며 신 나게 놀아요. 개구쟁이 동생이 심술을
부리는 바람에 블록이 와르르 무너졌어요. "얄미워 죽겠어!"
투덜거리는데, 색색의 블록들이 포개지고 흩어진 광경이 눈에 확
들어와요. 무척 예뻐 보여요. 집도 우주선도 기차도 없는데, 왜?
혹시 음표들이 어울려 아름다운 음악을 만들듯이 블록의 다양한
색깔이 잘 어울리기 때문은 아닐까요? 그래요, 이것이 바로
칸딘스키가 말하는 '색채 건반의 연주'랍니다.
그림을 보아요. 그리고 색들이 만들어 내는 '색깔 교향곡'의 소리 없는
연주에 귀 기울여 보아요.

〈구성 8〉 ： 유화 ： 140 x 201cm ： 1923년 ： 뉴욕 구겐하임 미술관

형태 협주곡

책을 들고, 그림을 보아요. 다음에는 책을 거꾸로 돌려 그림을
보아요. 다음에는 왼쪽이나 오른쪽으로 각도를 달리해 보아요.
〈모나리자〉나 〈만종〉을 이런 방식으로 감상한다면, 지나가던 개가 다
웃을 일이지요. 하지만 이 그림과 앞의 〈즉흥 26〉은 달라요. 조금씩
느낌이 변하는 것 말고는 별 차이가 없어요. 누군가 실수로 그림을
돌려놓았다 해도 원래 그런가 보다 할 거예요. 어째 이런 일이?

뭐, 대단한 비밀이 숨어 있는 것은 아니에요. 지금까지 감상한 명화를
죽 살펴보면 금방 까닭을 알 수 있죠. (펄렁펄렁, 책장 넘기는 소리)
벌써 눈치챘군요. 그래요! 조토의 〈유다의 입맞춤〉에서 피카소의
〈게르니카〉까지 모든 그림에는 현실 세계에서 찾아볼 수 있는
사물이 등장해요. 반면에 칸딘스키의 그림에는 그런 사물이 전혀
없어요. 그러니 거꾸로 보든 기울여 보든 비슷할 수밖에요!

칸딘스키는 사람, 집, 꽃, 사자 따위의 사물보다 그림 재료인 색깔과
형태가 더 중요하다고 생각했어요. 〈즉흥 26〉에서 색깔의 어울림을
통해 '색깔 교향곡'을 탄생시켰듯이 이 그림에서는 형태의 조화로운
배열을 통해 '형태 협주곡'을 작곡했지요. 물론 색깔도 한몫
거들었답니다.

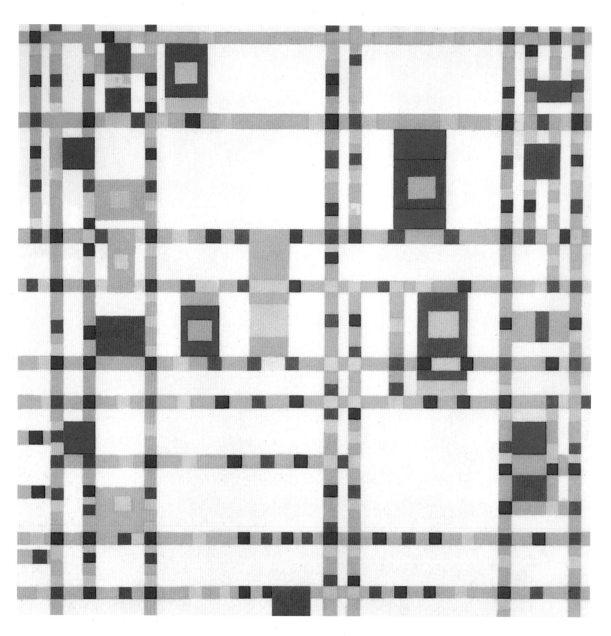

〈브로드웨이 부기우기〉 ⋮ 유화 ⋮ 127 x 127cm ⋮ 1942~1943년 ⋮ 뉴욕 현대 미술관

재료의 재료 95

칸딘스키도 굉장히 독특하지만, 몬드리안은 한층 더 독특하고 싶었나
봐요. 색깔과 형태 중에서도 더욱 기본이 되는 것만 골라냈지요.
그리하여 그림 재료 목록에는 빨간색, 파란색, 노란색, 검은색, 흰색,
회색 그리고 수평선과 수직선만 남게 되었어요. 그는 이 재료들을
가지고 질서와 비례와 균형의 아름다움을 얻기 위해 힘겨운
실험을 거듭했어요. 액자의 위치를 잡으려고 텅 빈 벽에 달라붙어
끙끙거리는 엄마, 아빠처럼 말이에요.
그림을 보고 두 가지 물음에 스스로 답해 보아요. 수평과 수직의
노란 선이 많은 교차점을 만들어 냈어요. 노란 선은 연속되지 않아요.
군데군데 빨강·파랑·회색 사각형이 보여요. 좀 더 큰 빨강·파랑·노랑
회색 사각형도 여기저기 흩어져 있어요. 그리고 흰 배경! 어때요?
몬드리안이 재료들의 위치를 잘 잡았다고 생각하나요?
한 가지 더! 우리나라의 수도 서울을 머릿속에 그려 보아요. 동서남북
곧게 뻗은 널따란 거리, 거리를 누비는 숱한 사람과 자동차, 사람과
자동차의 흐름을 끊었다 이어 놓는 신호등, 울긋불긋 나붙은 별의별
간판. 몬드리안에게 화려하고 활기 넘치는 서울 풍경을 그려 달라고
하면 어떤 그림이 나올까요?

〈나와 마을〉 : 유화 : 192.1 x 151.4cm : 1911년 : 뉴욕 현대 미술관

96 그림 동화

샤갈

러시아 사람 샤갈은 예술의 수도 파리가 선사하는 매력을 마음껏
즐겼어요. 아침마다 빵집에서 풍겨 나오는 갓 구운 빵 냄새, 신선한
과일과 야채를 사이에 두고 벌어지는 유쾌한 흥정, 카페에서 웃고
떠드는 여유로운 사람들, 밤이면 까만 밤을 화사하게 밝히는 가스등,
푸른 하늘로 높이 솟구친 에펠 탑. 하지만 샤갈은 고향을 잊지
않았어요. 그래서 귀중한 추억을 화폭에 담기로 마음먹었지요.
샤갈은 그리움을 현실로 만들기 위해 마법을 부렸어요. 사물의
크기와 위치를 뒤죽박죽 뒤섞어 안데르센 그림 동화 같은
환상의 세계를 창조해 냈지요. 염소젖을 짜는 아낙네, 긴 낫을
어깨에 걸머멘 농부, 교회당과 그 안에서 내다보는 얼굴, 거꾸로 선
여자와 집 두 채. 무엇보다 가장 먼저 눈길을 사로잡는 것은 초록색
얼굴의 시골 소년과 하얀 얼굴의 소예요. 둘의 눈은 가느다란 선으로
연결되어 있어요. 사람과 동물이 한데 어울려 살아간다는 뜻이지요.
또 사람들은 우주와도 감정을 나누어요. 해와 달과 지구로 이루어진
둥그런 길이 소년과 소를 연결해 주고 있어요. 이처럼 자연에
순응하는 삶은 찬란한 생명력을 지니게 마련이에요. 소년이 들고 있는
나뭇가지에서 새로운 생명이 움트고 있잖아요.

〈잔 에뷔테른의 초상〉 ∶ 유화 ∶ 101 x 65.7cm ∶ 1918년 ∶ 패서디나 노턴 사이먼 미술관

슬픈 사랑 이야기

화가는 죽음을 예감했어요. 그 시절에는 고칠 수 없는 몹쓸 병에 시달렸거든요. 게다가 세상은 냉정했어요. 아무도 그를 인정해 주지 않았어요. 땡전 한 푼 없을 때면, 끼니를 때우기 위해 빵값 대신 그림을 내주어야 했어요. 고통을 잊기 위해 술독에 빠져 지냈어요. 그렇게 생명의 불꽃이 가물가물 꺼져 가는 순간, 사랑의 천사가 나타났어요. 잔 에뷔테른! 그림 공부를 하면서 틈틈이 바이올린을 켜고 바느질을 즐기는 순수한 아가씨였죠. 이목구비가 뚜렷한 얼굴, 수수께끼를 품은 듯한 표정, 조용하면서도 상냥한 눈길, 말수가 적고 수줍은 성격, 부드럽고 우아한 목. 화가는 신비로운 아름다움에 넋을 빼앗겼어요. 지칠 줄 모르고 잔을 그리고 또 그렸지요. 이렇게 해서 살짝 기울인 길쭉한 타원형 얼굴, 아몬드 모양의 텅 빈 눈, 길고 가는 코, 작게 오므린 입, 백조처럼 긴 목이 특징인 화가만의 인물 표현이 완성되었어요. 누구라도 고독에 젖어 꿈을 꾸는 듯한 얼굴을 마주하게 되면, 쉽게 그 인상에서 헤어나지 못할 거예요.

그림이 완성되고 2년 후 화가는 세상을 떠났어요. 혼자 남은 잔은 슬픔을 견딜 수 없어 제 손으로 목숨을 끊고 말았지요. 너무나 아름답고 슬픈 사랑 이야기예요.

〈물고기 마술〉 ┊ 유화 ┊ 77.1 x 98.4cm ┊ 1925년 ┊ 필라델피아 필라델피아 미술관

98 클레 어린이에게 배운 사람

클레는 "어린이는 예술적 능력을 타고났다. 더 어릴수록 그들에게서
더 많은 교훈을 얻을 수 있다."라고 믿었어요. 우리가 평소에 그리는
그림을 떠올려 보아요. 사물의 크기와 멀고 가까움이 진짜 세계와
똑같이 표현되나요? 사물의 색은 어떤가요? 또 사물의 모양은
어떤가요? 사물의 크기와 멀고 가까움은 물론 색이나 모양 또한
마음대로 변형시키지요. 이처럼 자유롭고 거침없이 사물을
창조하고 변형하는 어린이의 상상력과 순수함에 클레는
마음을 쏙 빼앗겼어요. 그 자신도 어린이처럼 그리기를 간절히
바랐지요.

이 그림이 어떻게 그려졌는지 확인해 볼까요. 이야, 우리가 이따금
놀이하는 스크래치 기법을 사용했네요. 왜, 밝은 색 바탕 위에 어두운
색을 덧칠한 다음, 송곳이나 칼 따위로 긁어 바탕색을 드러내는 방법
말이에요. 그림을 좀 보아요. 우리가 장난칠 때처럼 클레가 긁고
문질러 다채로운 점과 선을 만들어 내니까, 검은 바탕이 신비로운
무대로 변했어요. 그곳에 태양과 달, 사람과 꽃 그리고 물고기가
모여들면서 하늘과 땅과 바다가 뒤섞였어요. 낚싯대 같은 선이
부드러운 투명 보자기를 시계탑에 드리우고 있어요.
클레가 어떤 깜짝 쇼를 준비했을지 궁금하게 만드는 풍경이지요.

〈할리퀸의 카니발〉 ⋮ 유화 ⋮ 66 x 90.5cm ⋮ 1924~1925년 ⋮ 뉴욕 올브라이트 녹스 미술관

'내'가 그리지 않은 '내' 그림

서양 사람들에게는 사순절 사십 일 동안 음식을 적게 먹는 풍습이
있었어요. 이럴 때 어떤 꾀가 생기지요? 내일부터 다이어트를 해야지,
결심하고서 뭘 해요? 엄청 먹어댄다고요? 그렇게 해서 생겨난 축제가
카니발이랍니다. 사순절이 시작되기 전 사흘에서 이레 동안 흥겹게
먹고 마시면서 왁자하게 떠들고 즐겼지요. 미로가 카니발 분위기를
어떻게 표현했는지 구경해 볼까요.

별난 사물들이 마구 뒤엉켜 난리가 났어요. (왼쪽부터 오른쪽으로)
눈과 귀가 달린 사다리, 빨강과 파랑 얼굴에 긴 콧수염을 기르고
몸통은 기타를 닮은 사람, 주사위와 벌레, 개 꼬리처럼 생긴 다리에
꼬챙이 몸통 그리고 닭 머리에 바이올린을 든 사람, 악보, 창밖의
태양과 삼각형, 화살에 꽂힌 지구본, 테이블에 올라앉은 물고기,
실을 가지고 노는 고양이 두 마리, 그 외에도 정체를 알 수 없는
사물이 수두룩하네요.

뭐가 뭔지 얼떨떨해요. 왜 이 모양이지요? 그것은 미로 자신이
무엇을 표현하는지 알지 못한 채 그림을 그렸기 때문이에요.
물론 나중에 요모조모 정리하고 다듬어 완성했지만요. 이처럼
환상으로 가득한 멋진 그림이 잠을 자면서 웅얼웅얼 내뱉는 잠꼬대에
지나지 않다니, 조금은 섭섭하군요.

〈기억의 지속〉 ⦂ 유화 ⦂ 24.1 x 33cm ⦂ 1931년 ⦂ 뉴욕 현대 미술관

100 달리 꿈보다 해몽

햇살에 빛나는 바닷가 절벽과 푸른 바다가 멀리 보여요. 나머지
부분은 그림자에 잠겼어요. 중앙에 괴상한 물체가 널브러져 있네요.
속눈썹이 길고, 눈을 감은 옆얼굴 같아요. 별스럽게 코에서 혀가
쏙 빠져나왔어요. 귀 대신 시계가 달걀 프라이처럼 눌어붙었어요.
나무토막 비슷한 육면체 위에 나무가 돋았어요. 길게 뻗은 가지와
육면체에 시계가 빨래처럼 축 늘어져 있어요. 뚜껑을 닫은 멀쩡한
시계에는 개미 떼가 새까맣게 몰려들었고요. 산 너머 산이라고,
'잠꼬대 같은 그림' 뒤에 이것은 또 뭐지요? 다음 설명 중 마음에 드는
것을 골라 보세요. 친구만의 독특한 설명도 대환영이랍니다.

❶ 그림자가 드리운 부분은 꿈속이다. 꿈을 꾸면 시간은 현실의
시간과 관계없이 흐른다. 이것을 축 늘어진 시계로 나타낸 것!
다만 개미가 꼬인 시계는 시간이 계속 흐르면 언젠가 늙어 죽는다는
불안감의 상징이다.

❷ 시간은 놀 때는 후딱 가는 반면, 공부할 때는
거북이걸음이다. 이것이 '어마어마한' 상대성 이론이고, 그림이
드러내고자 하는 것이다.

❸ 괜히 심각하게 고민하지 마라. 무더운 날 흐물흐물 녹아내린
치즈를 그렸을 뿐!

글 **박현철**

서울대학교에서 철학을 공부했습니다.
지은 책으로 《어린이를 위한 세계 명화 이야기》, 《세계 명화와 함께하는 그리스 로마 신화》,
《세계 명화와 함께하는 역사 이야기》, 《명화와 함께하는 성서 이야기》,
《루브르 박물관보다 재미있는 세계 100대 명화》 등이 있고,
번역한 책으로 《나를 찾아 떠나는 모험》, 《안데르센 동화》,
《그림 형제 동화》, 《세상에서 가장 쉬운 만화 삼국지(전16권)》가 있습니다.

초판 1쇄 2011년 10월 15일
개정2판 7쇄 2022년 1월 15일

발행처 삼성출판사
발행인 김진용
주소 서울특별시 서초구 명달로94
등록 제1-276호
문의 (02)3470-6800

ISBN 978-89-15-08051-5 64800
ISBN 978-89-15-08049-2 64800 (세트)

어린이를 위한 **이야기 학습백과**

재미 100

왜 '재미 100' 시리즈야?

한국사, 문화, 예술 등 각 분야에서 재미있는 이야기 100개씩만 모았으니까!

얼른 읽어 봐야지!